Eunice Maciel

Vamos conversar?

O poder do diálogo
para resolver
conflitos

PRIMAVERA
EDITORIAL

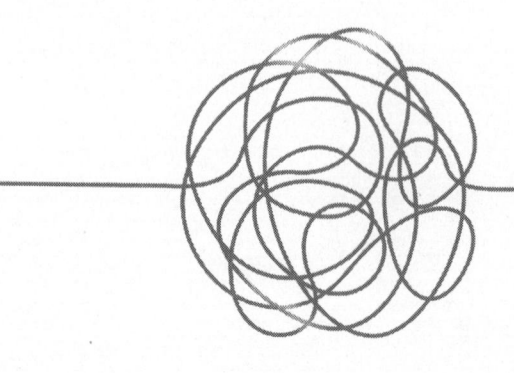

Sumário

Prefácio 8

Introdução 12

A chance de recomeçar 16

Quando é hora de desistir 22

Acordo provisório 28

Canal errado de comunicação 36

Colocando o assunto em dia 42

Antes tarde do que nunca 46

Analogias 52

Realidade ou ficção? 60

Uma mediação diferente 66

Culpa não se negocia 72

Quem fica com os cachorros? 78

Obrigação de fazer 84

O combinado não sai caro 88

Entre o direito à privacidade e a vontade de ajudar 96

Mediação de uma vida inteira 100

Estragos e ensinamentos da pandemia 106

Noventa anos 112

Em nome do pai e da filha 120

Joãos e Josés 128

Atire a primeira pedra 136

Vamos alinhar as expectativas 142

Cavalo de batalha 150

A nova mulher 156

Primeiro dia de viagem 162

Pré-mediação 170

Não consigo me controlar 178

Pai ou chefe? 182

Perdoa-me por me traíres 188

Promessa feita 194

Irmãos gemeos 200

Epílogo 208

Posfácio 212

Dedico este livro a todos que enfrentam seus conflitos de frente, com força e coragem, sem renunciar a seus valores e necessidades, e que o fazem priorizando o consenso em detrimento da "vitória" a qualquer preço.

O conflito é algo criativo, o que é negativo é o confronto. O conflito é a divergência de postura, o confronto é a tentativa de anular a outra pessoa.

Mário Sérgio Cortella

Prefácio

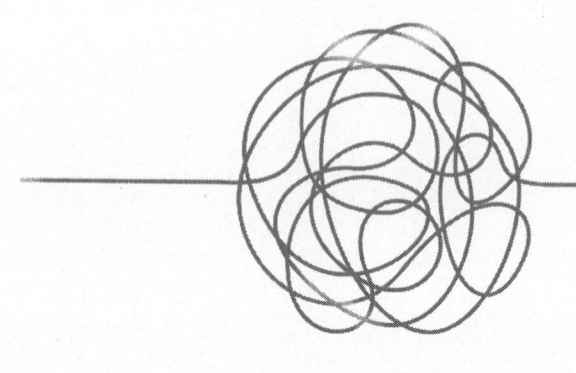

Conheci Eunice pelas telas, em diversas atividades e projetos desenvolvidos no ICFML (Instituto de Certificação e Formação de Mediadores Lusófonos). Desde o início, percebi sua atuação como mediadora judicial e extrajudicial, não apenas pelos comentários pertinentes e contribuições valiosas em nossos encontros, mas também pela experiência que sempre demonstrou nessas oportunidades. Nosso encontro presencial só se concretizou com sua vinda para São Paulo e com o prazeroso convite para prefaciar esta obra.

Além de mediadora, Eunice nos encanta como contadora de histórias. Iniciou escrevendo para crianças e jovens, e mais tarde dedicou-se ao romance adulto com o intrigante livro Tombos, que narra as histórias de quatro personagens cujas vidas foram transformadas por crises pessoais e relacionais, com desdobramentos e finais surpreendentes. Crises que poderiam ser dela, minhas ou de qualquer pessoa que tenha contato com seus escritos, criando conexões profundas e necessárias com o leitor. Inquieta e curiosa em suas escolhas literárias, Eunice migrou para os contos — gênero que, com narrativa breve, tempo e espaço delimitados e poucos personagens, entrega uma situação possível.

Neste livro de contos, Eunice escolhe o caminho da Mediação para nos trazer uma coletânea de histórias ficcionais de primeira grandeza. A escolha é acertada porque, em Mediação, ouvimos histórias de pessoas, muitas vezes emaranhadas em conflitos. Ouvimos histórias dos conflitos. Conectamo-nos com universos distintos e situações inusitadas.

As diversas experiências vividas por um mediador se apresentam como solo fértil para uma escritora de contos. A escolha é duplamente acertada porque, além de divulgar o instituto da Mediação, explica seu funcionamento e princípios de forma leve e inteligente, por meio dos casos e situações apresentados. A Mediação precisa ser conhecida por todos.

Como método dialógico estruturado de compreensão das realidades e dos relacionamentos, a Mediação, com o aporte e fluxo de informações, cria um ambiente neutro, seguro e propício para o debate e a negociação dos interesses reais entre os participantes, permitindo que a decisão seja construída por todos de maneira colaborativa e autocompositiva.

O mediador acompanha os mediandos nesse processo como terceiro independente, servindo a todos de forma equidistante para a construção de consensos, realização de negócios ou fortalecimento de relacionamentos.

Um bom mediador se prepara para estar em seu papel, e com a escuta treinada, permanece atento à autonomia de vontade, criatividade, confidencialidade, colaboração, compartilhamento de informações, respeito ao outro, celeridade e controle de riscos.

Em muitas passagens deste livro, identifiquei-me como mediador. Já me fiz as mesmas perguntas ou vivi dilemas éticos semelhantes aos apresentados. Além disso, poderia me enxergar como personagem em várias situações, enfrentando os mesmos problemas ou envolvido em conflitos semelhantes. Essa é a sensibilidade da obra: transportar-nos para diferentes papéis e permitir que exercitemos nossas emoções, imaginando a pluralidade de soluções possíveis.

Tenho certeza de que, assim como eu, você, leitor, também se identificará. Basta se permitir um prazeroso e despretensioso mergulho nestas páginas.

José Mangini
Advogado, mediador e negociador privado
certificado pelo ICFML.

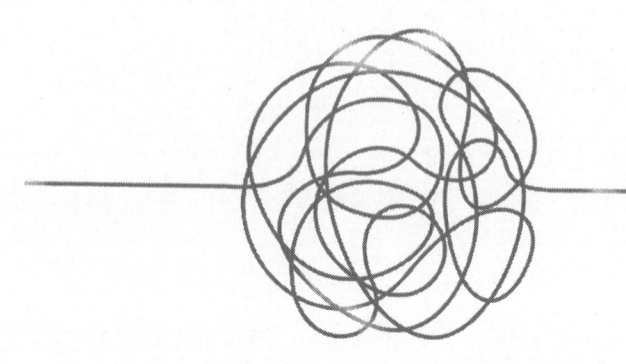

Introdução

Vamos falar de mediação de conflitos, um procedimento pouco conhecido e raramente lembrado, mesmo por aqueles que já ouviram falar dele, quando surge uma situação de enfrentamento. Ao nos depararmos com um impasse, é quase automático pensar em ingressar com uma ação no judiciário tradicional, o que é compreensível, uma vez que a mediação, assim como outras formas alternativas de resolução de conflitos, ainda é um "bebê" se considerarmos que o judiciário tem suas origens na Roma antiga. Ela surgiu da necessidade de buscar alternativas, como consequência e desdobramento natural de um sistema que não consegue lidar com tantas demandas numa sociedade cada vez mais complexa e belicosa.

Tinha um chiclete na poltrona do avião que estragou sua calça nova e te fez pagar mico na reunião de trabalho? Ingresse com uma ação contra a companhia aérea.

Simples assim, mas não tão simples assim. A sociedade acaba pagando a fatura de um judiciário abarrotado e de uma postura belicosa que nos leva a começar uma briga na qual sabemos como entramos, mas não sabemos como, nem quando vai acabar, e que pode se arrastar por muitos e muitos anos. Perdem o judiciário em agilidade e perdem as partes com preocupações, despesas e chateações inerentes a uma briga judicial.

A mediação dá a cada um a possibilidade de escrever o acordo que lhe convém. O mediador possui conhecimento e ferramentas para fazer com que o diálogo interrompido seja retomado, possibilitando às partes chegarem a uma solução que seja boa para todos os envolvidos. Ganham todos: partes, judiciário e sociedade.

Há algo que amo fazer, quase tanto quanto escrever: mediar — esse verbo de conjugação estranha. Eu medeio, tu medeias, ele medeia... Juntando essas duas coisas, por que não escrever alguns textos sobre mediação?

— Você não pode fazer isso! A mediação é confidencial!

— Sim, mas posso usar minha imaginação de escritora para criar, inspirada por casos reais, e minha criatividade para inventar outros tantos.

E foi exatamente isso que decidi fazer: escrever contos usando meu conhecimento de mediadora para, de quebra, divulgar essa prática alternativa ao judiciário tradicional, abarrotado até a raiz dos cabelos com processos que poderiam se encerrar com acordos costurados em um, dois, poucos encontros. Dessas duas paixões, escrever e mediar, surgiu este livro.

Torço para que os contos que vêm a seguir divirtam, emocionem e possibilitem ao leitor conhecer um pouquinho essa prática que me fascina e que permite aos mediadores "viver" as histórias dos outros, auxiliando para que tenham um final feliz.

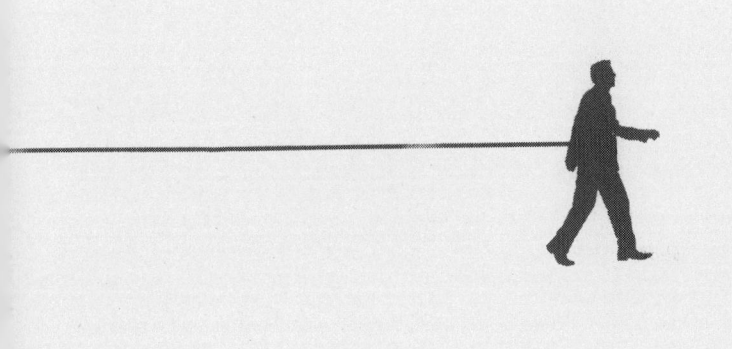

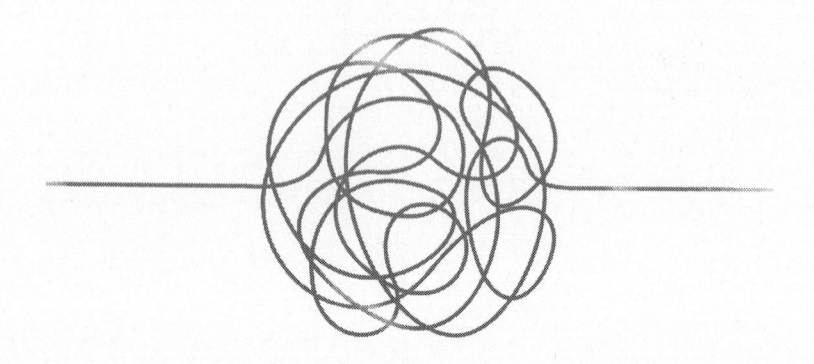

A chance de recomeçar

— Quero deixar claro que só estou aqui por causa do meu filho — atestou o rapaz.
— Ele é meu filho também — rebateu a jovem, decidida a marcar presença e esclarecer papéis.
— Boa tarde e sejam bem-vindos à mediação — foi o que me ocorreu responder.

O homem e a mulher, acompanhados de seus advogados, não se olhavam, e o clima de raiva pesava concreto no ar. Sentaram-se nos lugares por mim indicados, lado a lado, à minha frente, sem se darem conta de estarem performando um claro exemplo de ódio a ser usado numa aula sobre linguagem corporal. Os corpos pendiam para lados opostos como se uma força invisível os empurrasse para longe um do outro.

Era certo que o "só estou aqui por causa do meu filho" vinha da necessidade de demonstrar que a guerra entre eles continuava, e usavam a criança como único motivo (e desculpa) para estarem ali.

Eu me preparei para uma mediação complicada.

Abertura feita, procedimento da mediação apresentado às partes e advogados, passamos aos fatos.

O processo corria na Vara de Família, embora a dissolução do matrimônio, a guarda e os (em geral mais difíceis) "partilha" e "alimentos" estivessem resolvidos. Faltava definir as regras da convivência, mais conhecida pelos leigos como "visitação".

— Às segundas, terças e quartas de manhã, meu filho fica comigo. Entrego na creche. O pai pega na creche na quarta à tarde e fica com ele até sexta. Os fins de semana são alternados. Na segunda, o pai entrega na creche.

— Eu topo se depois de seis meses a gente inverter. O tempo dela está maior.

— Não está.

— Está sim. Nos fins de semana que não são meus, só vou ver meu filho dois dias numa semana inteira.

Eu precisava tomar pé dos fatos para entender como aquilo vinha se desenrolando até então.

— Como é a rotina de levar e buscar na creche, e quem fica com a criança enquanto ela está em casa? — perguntei.

— Minha mãe pega – esclareceu a jovem.

— Ele tem babá. A babá vai de ônibus e volta com ele de táxi – acrescentou, rapidamente, o rapaz.

Eu ouvia aquilo cuidando para lembrar que estávamos tratando de uma criança, e não de um pacote. A frieza e pragmatismo dos pais não ajudava.

— E a que horas vocês costumam chegar em suas casas?

Fez-se um silêncio constrangedor. Precisei perguntar novamente.

Tarde. Ambos trabalhavam e chegavam tarde em casa. Muitas vezes o filho/pacote já estava dormindo. A necessidade de tê-lo por um número igual de horas contadas não era pela vontade de conviver, mas para infernizar o outro. O filho era mero ator coadjuvante naquele filme de horror.

A mediação avançava com acusações de parte a parte, aí incluídas avós cuidadoras e uma babá "leva e traz" que não levava e trazia só a criança, mas também os detalhes da nova rotina de um e de outro.

Finalmente surgiu a tão esperada fala que serviria como o *turning point* da mediação.

— Só aguento esse blá blá blá pelo amor que tenho ao meu filho.

Era a minha deixa de mostrar que não estavam ali pelo amor ao filho. A mim, parecia que o bem-estar da criança era a menor das preocupações. Sempre com um "me corrijam se eu estiver errada", fui fazendo com que vissem o absurdo da situação.

Enquanto eu falava, e os fazia falar, os rostos iam se transformando, os corpos relaxavam e a tensão diminuía. Aos poucos ia ficando claro para ambos que uma rotina ajustada e o bem-estar da criança eram o verdadeiro objetivo a ser perseguido.

Essa é a mágica da mediação que pode, ou não, ocorrer. É um momento, uma frase, um gesto inesperado que abre uma brecha para que seja mostrado às partes o que realmente importa. Uma observação feita no momento certo, como um milagre, muda tudo.

Sugeri me reunir separadamente com cada um. Aceitaram.

Em poucos minutos de conversa privada ficou claro que ambos queriam um acordo. Estavam cansados, ou melhor, exaustos, e não davam mais conta do trabalho, babá, briga, criança. Ansiavam acabar logo com aquilo. Só não admitiam dar o braço a torcer.

Finalmente a mediação caminhava. Pedi para marcarem uma nova data para que voltássemos a conversar. Qualquer dia e hora que fosse conveniente para ambos.
— Você pode na terça da outra semana?
Era a primeira vez que se falavam. Primeira vez que se olhavam.
— Posso na parte da tarde.
— Às quinze horas?
— Sim. Anotado.
— Então, até lá.
Ajustadas as agendas de todos os envolvidos, levantei-me, agradeci a presença dos dois e a de seus advogados, e os acompanhei até a saída.

Pude observar um quase sorriso nas caras inchadas de choro e torci para que até a próxima reunião pensassem na chance que tinham de voltarem a conversar com tranquilidade. Só pela construção de um acordo conseguiriam ultrapassar aquela etapa difícil e entrar de peito aberto numa nova fase da vida. Não seriam mais um casal, mas seriam para sempre pais de um filho em comum. Era fundamental preservar o bem-estar desse filho e um mínimo de cordialidade nos momentos de convivência— festinhas de aniversário, reuniões de escola, formatura, casamento... e, mais adiante, com a chegada dos netos que teriam, também, em comum. E, já com as respectivas vidas refeitas, que pudessem olhar para trás e reconhecer aquilo que os fez, um dia, querer estarem juntos para sempre.

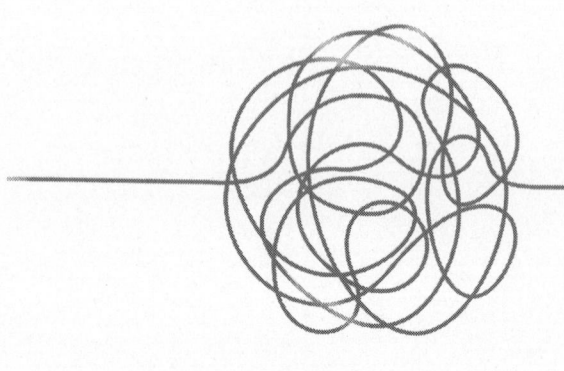

Quando é hora de desistir

Olhei, sentindo-me impotente, para o ex-casal e seus respectivos advogados sentados à minha frente. Já íamos para a segunda hora de uma mediação que não avançara um milímetro desde que tinha começado. E não ia avançar. Estava tudo errado, desde o começo.
Por ser uma mediação judicial, eles cumpriam, sem muita vontade, a obrigação de estar ali. Eu conseguira convencê-los a tentar um acordo que encerraria o processo, e dera tudo de mim para atingir o objetivo, mas...
O homem, mal-assessorado e mal-informado, vinha acompanhado de um advogado "amigo que está me quebrando um galho". O "amigo advogado" me olhava com ares superiores quando eu, uma mera mediadora, tentava fazê-lo ver que estávamos lidando ali com um pedido de revisão de alimentos, e que o fato do seu cliente estar desempregado não lhe dava, dadas as circunstâncias, o direito de não se responsabilizar financeiramente pelas filhas.
A cada tentativa de trazê-los para a realidade, eu era questionada.
— Já estou com a contestação pronta. Como podem querer que o meu cliente pague o que quer que seja se ele está sem trabalhar?

Duas horas antes eu havia pedido para as partes entrarem e me levantei para recebê-los. Me surpreendi com a figura de um homem e de uma mulher que pareciam saídos de um comercial de televisão, acompanhados de seus advogados. Ela, linda e elegante, toda de preto, e ele, um belo rapaz, de jeans e camiseta, com duas tatuagens descendo pelos braços. Ambos na faixa dos quarenta.

Contaram, calmamente, suas histórias, que não divergiam uma vírgula sequer. O passado era ponto pacífico, percebido por eles da mesma forma.

Casaram-se cedo e permaneceram casados por vinte anos. Estavam separados há dois, e viviam sob as regras de um divórcio consensual.

Tinham duas filhas, de dez e oito anos e, de acordo com a certidão do divórcio assinada por eles, cada um era responsável financeiramente por uma delas. A mais velha viveria com a mãe e a mais nova ficaria na casa do pai que, por sua vez, morava com seus pais. Ambas teriam liberdade de ir e vir, alternando períodos com a mãe ou o pai como bem entendessem.

Passado algum tempo, a mais nova também se mudou para a casa da mãe, que se matava de trabalhar e era, de fato, uma profissional bem-sucedida. O pai pulava de emprego em emprego, e no momento estava desempregado, aparentemente acomodado com a situação de filho único de pais ricos, com os quais seguia vivendo.

— Não tenho dinheiro para pagar alimentos, mas se as meninas morarem comigo, a mãe deixa de ter despesa com elas. Vai pagar a escola da mais velha, e ponto.

— As meninas querem ficar comigo e jamais vou deixar de recebê-las, mas não dou conta das duas e não acho certo o pai não cumprir o combinado.

Pode ser que desse conta das duas, de três ou de quatro — eu não tinha como saber — a mulher à minha frente que, cansada de viver "numa linda casa" — em suas próprias palavras — com os sogros e com o marido dependente, decidira romper um casamento de vinte anos e sair dele deixando tudo para trás. Mas dar ou não dar conta de pagar as despesas das filhas, não era essa a questão. Ficara claro que ela queria um pingo de reconhecimento e respeito, mas seu ex-marido insistia em propor "o excelente arranjo financeiro", segundo ele mesmo, de receber as filhas para morarem todos na casa dos avós, ignorando o desejo das meninas.

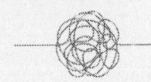

Revi mentalmente as duas últimas horas.
Tinha recebido o ex-casal e seus advogados. Fiz a abertura explicando como funcionava a mediação. Deixei clara a chance que estavam tendo de construir um acordo que fosse bom para ambos e para as filhas. Ouvi suas histórias. Ouvi cada um separadamente sem que nada tivesse sido acrescentado ao que já tinha sido falado. Reformulei, ressignifiquei, ajudei a criar opções, todas descartadas.

Não há nada que se possa fazer quando uma parte se recusa a enxergar a realidade. O cansaço, a intransigência e cegueira vão contaminando o ambiente e a mim. Hora de parar. Não fui eu que falhei. Insisti até demais.

Olhei para o "ex-casal capa de revista" à minha frente, desejei a eles e aos seus advogados boa sorte, apertei suas mãos, redigi a ata onde constava como infrutífera a tentativa de acordo, e encerrei a mediação.

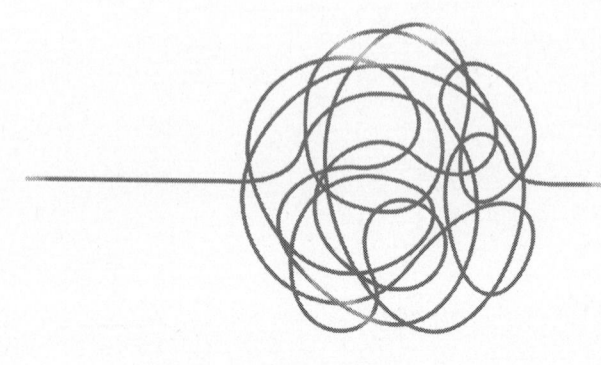

Acordo provisório

Estava escalada para uma mediação judicial oriunda de uma Vara de Família. Quando se trata de uma mediação de família, evito ler a Inicial do processo. Prefiro não ter qualquer informação que não venha diretamente das partes, pois não há nada como a versão dos fatos bebida na fonte, olho no olho, ouvido atento e coração aberto.

Antes de pedir para entrarem, dei uma olhada na folha de apresentação apenas para ter uma ideia do que me esperava. Fui surpreendida com um "Resgate de menor". O autor do processo encaminhado pelo juiz para mediação era o pai da criança. A ré, a mãe.

Respirei fundo e me levantei para recebê-los. Indiquei as cadeiras, fiz a abertura, expliquei como funcionava a mediação e pedi ao autor, que se chamava Luiz, que me contasse a sua versão dos fatos.

Para minha surpresa, não foi o Luiz, mas sim sua advogada, quem começou a falar. Precisei interrompê-la e expliquei, mais uma vez, que as advogadas de ambos eram muitíssimo bem-vindas, que desempenhavam um papel importante ao nos darem subsídios legais durante o procedimento, mas, em se tratando de uma mediação, as partes eram as protagonistas do processo e eu esperava que o seu cliente me contasse o porquê de estarmos ali.

A palavra foi passada ao Luiz que, finalmente, começou a falar.

Contou que criava o Bruno desde que se separara da Cleonice, mas não via o filho há três meses, dia em que a mãe não "devolveu a criança" depois de a ter levado para passar o dia com ela. Luiz queria o menino de volta. Não recebera notícias do garoto, e tinha medo de entrar na comunidade onde a ex-companheira vivia.

Eu me abstive de qualquer comentário antes de ouvir o outro lado da história e pedi para a Cleonice me dar a sua versão dos fatos.

— Posso falar? — Lá vinha novamente a advogada, dessa vez com o dedo levantado, como se estivesse numa sala de aula e eu fosse a professora.

— Sim, por favor — respondi.

— Meu cliente esqueceu de dizer que a ré saiu de casa, deixando o filho com ele durante mais de um ano, e agora quer a criança de volta, já viu isso? É uma pessoa ruim, tem uma filha mais velha de uma outra relação, bate na menina e já agrediu meu cliente também. O Luiz só não deu queixa na delegacia porque ela é mãe do filho dele. Essa senhora que está aí engravidou recentemente de outro homem, tem um bebê de poucos meses em casa e não tem condições de cuidar de três. E, pior que tudo, meu cliente acha que o filho está passando maus-tratos, não está frequentando a escola, e por isso entrei com o pedido de resgate.

Novamente respirei fundo enquanto assimilava a informação.

— É isso mesmo, Sr. Luiz? O senhor gostaria de acrescentar mais alguma coisa?

O pai da criança, afundado na cadeira, se limitou a sacudir a cabeça. Confirmava o que tinha sido dito, e não tinha nada a acrescentar.

Concentrei-me no meu treinamento de não fazer julgamentos e afastei do pensamento a imagem da mãe que negligenciou o filho, depois o quis de volta, agrediu seu companheiro, morava numa comunidade violenta e impedia o contato da criança com o pai. A imagem que eu buscava não julgar tinha o rosto da mulher que olhava para a advogada sentada à sua frente com olhos de ódio intenso, como que pronta a agredir mais alguém.

— Dona Cleonice, é a sua vez de me contar o que aconteceu.

— Não é nada disso. É tudo mentira!

— Então me conte, por favor, a sua versão da história. Lembre-se do que eu falei há pouco, que muitas vezes um mesmo fato é percebido de forma diferente por duas pessoas...

— Tenho prova de que ele está mentindo. Tá aqui o papel da escola...

— Dona Cleonice, por favor nos diga o que aconteceu. Vamos tentar resolver juntos uma forma de convivência do menino com ambos, mãe e pai, para o bem do filho de vocês.

— Meu filho não tem que ver o pai que passou a viver com uma peste que trata ele mal. Penei um ano inteiro correndo atrás de escola para o menino e, agora que eu consegui vaga perto da minha casa, o menino fica comigo.

Em vão, eu tentava explicar a ela que o pai tem direito de conviver com o filho, e a criança, com o pai. Que é saudável para a relação de ambos. Que a lei assim determina.

Cleonice se mostrava impermeável aos meus argumentos, mas a imagem da mãe irresponsável e violenta estava já a léguas de distância — e não era por conta dos meus esforços em aplicar a isenção de julgamento aprendida na minha formação.

— Bruno vai à escola todo dia. Consegui explicadora e aula de judô na quadra da comunidade. O Luiz não vai lá porque não quer. Não proíbo ninguém de ir lá, não. Mas levar o Bruno para morar com ele e com o traste da namorada dele, ah, isso não.

— Chega, isso não vai dar em nada. Por mim, segue o processo. — E a advogada falante, que não disfarçava a impaciência, se levantou para ir embora alegando que, se o seu cliente tinha todo direito do mundo, por que não acabar com aquela perda de tempo de uma vez por todas?

— Isso! Segue o processo, e o pai vai lá em casa quando quiser ver o menino. Por mim pode ir todo dia. Mas levar pra dormir na casa dele, conviver com a mulherzinha dele... ah! Isso é que não!

— Sente-se, por favor — falei duro com a advogada.

— Ainda não terminamos.

— Ouvi bem claro que, também por ela, segue o processo — a advogada retrucou, mas, diante do meu olhar, finalmente se sentou.

Onde estava a patrona da Cleonice, que não explicava para sua cliente que, se o processo seguisse seu rumo, qualquer juiz em sã consciência determinaria que a criança pernoitasse um determinado número de dias com o pai? E que, se isso se desse por força de uma sentença, a ré criaria todo tipo de dificuldades e sua raiva contaminaria o filho?

Eu já ia continuar quando fui interrompida.

— Só quero ver meu filho. Se a mãe não deixar, ele não precisa dormir comigo, não — Luiz falou baixinho, quase em um sussurro.

O tempo parou. Abriu-se um clarão no céu que atravessou o teto do fórum e iluminou a sala onde transcorria a mediação.

Preferi não entrar no "detalhe" de que o pernoite era não só uma questão legal, mas importante para ambos, pai e filho. Estava muito cedo para essa revelação e seria infrutífera à discussão. Mais que isso, poderia pôr tudo a perder.

— Sendo assim, por que não fazemos um acordo provisório, digamos, por um mês, determinando os dias em que o Luiz vai visitar o Bruno? Em trinta dias, podemos voltar a conversar para fazermos um arranjo definitivo.

— Meu cliente não vai se arriscar a entrar na comunidade.

Por que ela não fica calada?, apenas pensei. Não disse nada.

— Não tem nada disso lá, não. É preconceito dessa aí que acha que só porque a gente é pobre, vive em lugar perigoso. Se fosse pra ver meu filho, eu ia até o fim do mundo.

— Eu vou — foi a resposta, numa voz mais forte, do pai.

— A senhora está colocando a vida do meu cliente em risco — falou a advogada, se dirigindo a mim.

Não respondi. Olhei nos olhos do Luiz e perguntei se ele se sentia seguro em buscar o Bruno na casa da ex-companheira. Se preferisse, poderíamos marcar um ponto de encontro fora da comunidade. Senti firmeza quando ele disse que sim, que se sentia perfeitamente seguro. Pegaria o filho em casa.

Eu me levantei para redigir o acordo provisório antes que a advogada, ciente dos direitos do seu cliente, mas ignorante dos benefícios da mediação, interviesse mais uma vez.

Documento assinado e uma nova reunião agendada para dali a um mês, levantei-me para me despedir. Cleonice, mais tranquila, me deu um abraço e um beijo afetuoso, e o Luiz, um aperto de mão que quase me estalou os ossos, com uma força inversamente proporcional à sua aparência franzina.

— Vou ver meu filho no sábado. Obrigado, doutora. Muito obrigado!

Não sou doutora, mas não o corrigi, apenas sorri para mim mesma enquanto os via irem embora, sentindo latejar minha mão e pensando o quanto tenho que praticar para não fazer qualquer tipo de julgamento — nem de almas, nem da força de uma mão franzina.

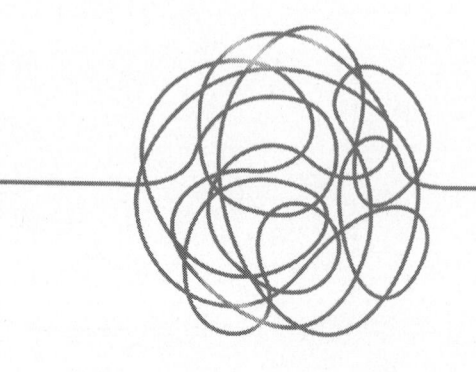

Canal errado de comunicação

— Ele não tem o direito de ameaçar os meus filhos!
— Não ameacei ninguém. Chamei para conversar.
— Colocando os meninos contra a parede na portaria e gritando com eles? O porteiro é testemunha.
— Chame o porteiro, então. Quero vê-lo testemunhar.

A mediação pré-processual era virtual por conta da pandemia. Os rostos cresciam em direção às câmeras dos computadores como se seus donos quisessem entrar pela tela para brigar fisicamente. Os ânimos iam se inflamando e aquilo não se parecia em nada com o diálogo cordial e frutífero que o mediador busca entre as partes ao longo da mediação. Os advogados de ambos intervinham por seus clientes e, na confusão de quatro pessoas falando ao mesmo tempo, era simplesmente impossível entender o que quer que fosse dito.

Com a voz equilibrada, mas num tom acima do normal, intervi.

— Fale um de cada vez ou terei que cortar o som de vocês!

É impressionante como raiva e stress contagiam. Por melhor que seja a formação do mediador, o coração passa a bater mais rápido e a respiração se acelera.

Respirei fundo. Quase pude ouvir a voz da minha professora de ioga dizendo: "Inspire trazendo oxigênio e energia ao corpo, e expire liberando tudo que não te serve mais". No caso, quaisquer formas de impaciência, julgamento e stress.

Mais uma vez exigi ordem e os instruí para que falassem um de cada vez.

O homem e a mulher na tela moravam no mesmo prédio, ele no sexto andar e ela imediatamente acima, teto com chão. Já tinha ouvido suas histórias, que pareciam ocorridas em momentos e prédios diferentes. As versões de um mesmo fato não tinham nada em comum.

Segundo a mulher, o homem era ranzinza, maltratava os porteiros, era odiado por todos no prédio e tinha resolvido implicar com seus bem-comportados filhos e seu cachorro.

O homem, por sua vez, alegava que as crianças eram mal-educadas e o cachorro, barulhento, e que, por força da pandemia, ele era obrigado a trabalhar de casa ao som de brigas, latidos e programas de TV assistidos com o volume nas alturas sobre a sua cabeça.

Como nada mais houvesse para ser acrescentado, fiz um resumo dos fatos apresentados por um e outro, e pedi reuniões individuais.

A primeira conversa foi com a mãe das crianças.

O estopim da reclamação formal feita ao síndico havia sido uma sequência de batidas no teto do sexto andar com um cabo de vassoura que, segundo ela, fizeram tremer seu chão.

— Custava ele ter interfonado ou tocado a campainha? Isso é jeito de pedir silêncio?

Nenhuma providência fora tomada porque "gente que dá vassourada no teto não merece consideração". Alguns dias depois as crianças, que tinham voltado às aulas, ao chegarem da escola, ainda na portaria, "ouviram sermão de vizinho, que não é pai deles e não tem o direito de se meter com os meus filhos".

Conversamos sobre a sua nova rotina doméstica imposta pela pandemia e ela me falou de como era difícil trabalhar de casa, distrair dois meninos cheios de energia, até bem pouco tempo impossibilitados de sair, e ainda dar conta dos afazeres domésticos. Contou que a empregada que passeava com o cachorro duas vezes por dia teve que ser afastada por suspeita de covid, e o animal, de porte grande e com os passeios reduzidos, tinha estado mais agitado e barulhento do que o normal. Terminou nossa conversa lamentando a situação, mas afirmou que não iria aturar vassouradas no teto e bronca dada em filho seu.

Era a vez de me reunir com o morador do andar de baixo, que já chegou na sala virtual pedindo desculpas pelo tom de voz usado no encontro e admitindo que andava bastante nervoso por conta do confinamento e da queda do número de clientes, que levava à redução no faturamento do seu negócio. Era obrigado a trabalhar de casa e qualquer barulho tirava sua concentração e o deixava com os nervos à flor da pele. Admitia que talvez tivesse usado um tom acima do desejado com as crianças, mas já tinha perdido a conta do número de recados mandados através dos porteiros para que elas fizessem menos barulho.

Quando voltamos a nos reunir, estava claríssima a situação, ao menos para mim, e eu esperava fazer as perguntas corretas que os levariam à conclusão de que o desejo de viver e trabalhar em paz era interesse comum, e que a harmonia da convivência entre vizinhos era um tesouro precioso a ser preservado.

Como dois adultos dispostos a se entender, ao conversarem, ficou claro para ambos que o assunto tinha sido malconduzido desde o início. Porteiros não são o canal ideal para queixas, vassouradas no teto tampouco funcionam para se fazer ouvir, providências para mitigar o desconforto não haviam sido, propositalmente, tomadas, faltara diálogo e o conflito escalonara a ponto de chegar ao síndico que, por sorte, me acionou antes que o desentendimento virasse um processo judicial. Isso tudo temperado por dias de confinamento que prendia todos em casa, causava imensos transtornos e alimentava rancores.

Pedidos de desculpas foram ouvidos por ambos. Trocaram celulares e combinaram de se falar cada vez que o barulho ultrapassasse o razoável. Vassouradas e recados intermediados por porteiros foram abolidos. A mulher ficou de conversar com as crianças e o homem compraria fones de ouvido.

Para formalizar o entendimento, construímos juntos um acordo para ser consultado sempre que desejassem, e que foi lido por mim enquanto gravado para todos.

Dados os parabéns pelo resultado e terminados os agradecimentos aos vizinhos e a seus advogados, enquanto nos despedíamos, ainda com as câmeras ligadas, ouviu-se um latido, e a porta atrás da mulher se abriu. Surgiu na tela um cachorro enorme acompanhado dos dois meninos que chegavam da escola. Beijaram sua mãe, nos deram um sorriso e um alô através da tela do computador e ilustraram, sem perceber, o momento confuso que todos nós estávamos vivendo.

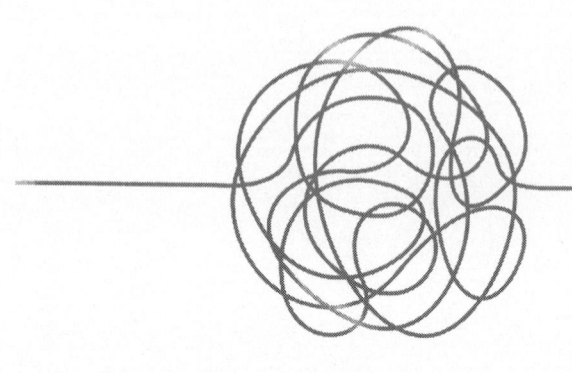

Colocando o assunto em dia

Eu me preparei para mais uma mediação judicial de divórcio em que, por mais triste que seja ter que lidar com as dores do amor terminado, é onde, a meu ver, o procedimento da mediação traz melhores resultados. Ainda que não saia um acordo, abrem-se os canais de comunicação que estavam fechados e, por palavras, olhares e gestos, cada um percebe sua responsabilidade e participação nos fatos que fizeram com que o "felizes para sempre" tenha terminado um dia. Ajudar o ex-casal a enfrentar o pesar do fim do relacionamento e a atravessar essa fase de forma menos dolorosa me faz sentir que mediar vale a pena.

Organizei a mesa de trabalho, liguei o computador e pedi para as partes entrarem.

Surpresa, me vi frente a frente com uma senhorinha de visual caprichado e sorriso largo no rosto, acompanhada de seu advogado. Logo atrás vinha um senhor que, apesar de portar uma bengala, caminhava ereto e possuía um olhar jovial. Estava, ele também, acompanhado de seu advogado.

Pedi que se sentassem, fiz a abertura de praxe e ouvi o que cada um tinha a dizer.

Haviam sido casados por trinta anos. Não tiveram filhos e não se viam há mais de duas décadas. Seguiam casados no papel e ele queria o divórcio para casar-se novamente. Ela não aceitava a separação, já que era beneficiária do plano de saúde do "marido" aposentado e alegava saúde frágil e incapacidade de arcar com os custos de um novo plano.

— Não dou o divórcio até entender o porquê, depois de tanto tempo, ele querer se separar.

— Já disse que preciso me casar porque o plano de saúde da minha mulher está muito caro para mim e é a forma de colocá-la como minha dependente...

— Sua mulher sou eu.

— Certo. Mas vivo com a Cintia há muito tempo e ela saiu do emprego e não tem mais plano.

— Não acredito nessa sua história. — E virando-se para mim, continuou: — Ele mente, doutora!

Não sou doutora e acho engraçado ganhar automaticamente o título sempre que me sento para mediar. Mas não era hora de perder o foco.

Segui com a mediação, doutora ou não, procurando fazer as perguntas que os levassem a se escutar.

Durante anos tinham vivido juntos. Ao longo de todo esse tempo, ela acreditava ter ouvido mentiras e, finalmente, com o pedido de divórcio recém-feito, surgia a chance de mostrar sua indignação e de deixar claro seu ressentimento.

A papelada, apresentada pelo advogado dele, atestava que seu cliente tinha direito a manter ambas, ex-mulher e atual esposa como dependentes, mas para isso ele precisava se divorciar de uma e casar-se com a outra.

Enquanto os papéis trocavam de mãos para serem examinados pelo advogado dela, entabulou-se uma conversa entre o ex-casal.

— Verdade? A Aninha, tão novinha, já vai ser mãe?

— Ela não é tão novinha assim, tem trinta e cinco anos.
— Meu Deus, como o tempo passa rápido... E a Marilda está feliz com o neto?
— A Marilda separou-se e foi morar em Portugal.
— Não diga...
Documentos examinados, fiz sinal para que os advogados os deixassem conversar, o que nos botou a par dos acontecimentos dos últimos vinte anos da vida de cada um. Passado um tempo, e com tantos sobrinhos, parentes e compadres embaralhados na minha cabeça, pedi licença e solicitei sua atenção para retomarmos a mediação. Mas não foi preciso, já estava tudo resolvido entre eles.
— Ele está falando a verdade, doutor? Se eu der o divórcio, mantenho meu plano de saúde?
Sorriu, feliz, ao ouvir a resposta do advogado, que garantiu que seu ex-companheiro, pelo menos desta vez, falava a verdade. Então, sem qualquer formalismo ou ressentimento, ela anuiu à separação.
Enquanto eu redigia a ata, seguiram botando em dia os assuntos de tantos anos. Terminada a formalidade das assinaturas, despediram-se de mim e, de braços dados, seguiram porta afora, sempre conversando, acompanhados de seus advogados, que pareciam tão surpresos quanto eu.

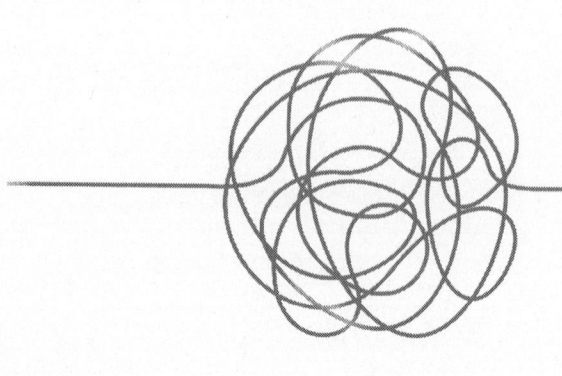

Antes tarde do que nunca

A mediação que me esperava era judicial e online. Abri o link com a descrição do que estava por vir: "Classe/Assunto: Procedimento Comum — Dissolução/Casamento, Inventários e Partilhas — Decorrente das Relações de Direito de Família".

Antevendo uma mediação longa em que vários assuntos seriam discutidos, acessei o link da sala virtual deixando à mão meu bloco de notas e uma caneta para as muitas anotações que eu deduzi que precisaria fazer. Por mais que eu tentasse, não conseguia entrar numa mediação como deveria: a mente vazia como a folha do bloco ao meu lado, sem qualquer pré-julgamento ou antecipação da reunião que ainda não começara.

Por que um cabeçalho pomposo me fizera pensar que seria uma mediação longa?

Recebi na minha sala virtual o ex-casal de mediandos, ele acompanhado do seu advogado, e ela sem assistência jurídica, já que a advogada da justiça gratuita designada para assisti-la não havia comparecido. Fiz a abertura deixando claro que poderíamos marcar uma nova data para que ambas as partes estivessem acompanhadas de seus advogados.

— Não precisa, não, doutora! — (Por que sempre sou chamada de doutora?) — Quero resolver isso logo.

Sugeri, então, começarmos a conversar, e caso Amália — era esse seu nome — tivesse alguma dúvida ou se sentisse insegura, interromperíamos a reunião e continuaríamos num outro dia.

— Não vai precisar, não, doutora. Eu tô bem sozinha mesmo.

Fui em frente. Se a advogada designada para o caso não tinha aparecido no primeiro encontro, o que me garantia que viria num segundo? Ou terceiro, ou quarto? Não seria eu a pessoa a dificultar o acesso da Amália à mediação.

Feita a abertura e ouvidas as partes, ficou claro que não se tratava da típica "Dissolução/Casamento, Inventários e Partilhas", que vai desde a decisão de qual nome passará a ser usado pela mulher, até a guarda das crianças, convivência e divisão de bens.

Tratava-se de um problema pontual. O homem e a mulher na tela à minha frente estavam separados há quase dez anos e haviam refeito suas vidas. Vinham a mim, encaminhados pelo juiz da Vara onde tramitava o processo, para tentar um acordo que o encerrasse, uma mera tentativa, já que ele se arrastava sem dar mostras de estar perto do fim.

Tinham sido casados com comunhão de bens. Por ocasião do divórcio, havia sido feita a partilha e os bens foram divididos entre eles, com exceção de uma autonomia de táxi, objeto da disputa.

— A autonomia não tem nada a ver com o carro — insistia Alberto, motorista de táxi. — Já dividimos o valor do carro, comprei outro e preciso da autonomia para trabalhar. Não vou deixar que me tirem isso. O juiz disse que a autonomia é minha.

— O outro juiz que veio depois disse que tudo que tem valor tem que ser dividido, e a autonomia tem valor — respondeu Amália.

Cada um diz uma coisa? Nem eles se entendem? E eu, como fico? Como vou trabalhar?

Expliquei resumidamente o funcionamento das instâncias do nosso sistema judiciário, enfatizando a chance que estavam tendo de resolverem o problema juntos sem depender de juiz nenhum.

— A autonomia custava R$ 150 mil, doutora. Hoje vale uns R$ 20 mil. Olha o tanto de dinheiro que eu já perdi...- Alberto mostrava-se agitado.

— Perdeu como? Eu perdi! E não vale R$ 20 mil nem por um... Desculpe doutora...

Passaram a discutir valores de mercado do direito de se dirigir um táxi. Aquilo não ia dar em lugar nenhum.

Pedi uma reunião individual com cada parte. Enquanto eu conversasse com um, o outro aguardaria numa sala virtual separada.

A primeira conversa foi com Amália. Deixei claro para ela que o tempo jogava contra seu pleito de receber qualquer valor. O valor do bem intangível derretia. De R$ 150 mil, já tinha passado para R$ 20 mil.

— Nem isso, doutora. Não falo pra ele, mas não vale nem R$ 15 mil. Acompanho todo dia.

— E você não acha que está na hora de virar a página e seguir em frente?

— Não vou aceitar que façam essa injustiça comigo. Todo mundo sabe que autonomia tem preço, e ele entrou com um processo contra mim para não ter que me pagar. Sofri muito, doutora, quando o juiz disse que ele estava certo. Chorei muito. Eu só quero que ele veja que quem estava certa era eu.

Conversamos sobre os anos em que viveram juntos, sobre o divórcio, sobre o valor que ele vinha pagando religiosamente todo mês de alimentos aos filhos e sobre o convívio tranquilo que tinha com eles. Percebi que o que estava em jogo, mais do que o valor de um bem que se desvalorizava a cada dia, era a mágoa de um processo aberto e de uma sentença de primeira instância, a seu ver, injusta.

— Existe algum valor que vai lhe deixar satisfeita para encerrar esse caso?

— Quero que ele diga que errou de me processar, que sempre fui boa para ele e ótima mãe para os nossos filhos. E que me peça desculpas.

Bingo! Eu estava certa. A demanda era o dinheiro, mas o que realmente estava em questão era uma mágoa que vinha fermentando ao longo de dez anos.

Chegamos à conclusão de que um pedido de desculpas e a metade do valor da autonomia que ela mesma dizia saber ser R$ 15 mil seria razoável e, prometendo não revelar nada do que tinha sido conversado, pedi que ela me esperasse enquanto eu me reunia com Alberto.

A conversa foi rápida. Ele reconhecia a besteira que tinha feito de iniciar uma briga. Queria terminar logo com aquilo. Oferecia um valor maior do que sua ex-mulher, em *off*, estava disposta a aceitar. Só me restava deixá-los conversar um pouco mais. Eu sabia que estavam prontos para resolver a questão.

Esta é a beleza da mediação!

Amália pôde verbalizar sua mágoa e Alberto pediu desculpas por ter iniciado um processo que a pegou de surpresa. Chegaram a um valor que atendia aos dois e redigimos juntos a ata do acordo enquanto o advogado presente teclava no seu celular, parecendo alheio ao que se passava na tela.

Comuniquei a todos que nossa reunião passaria a ser gravada para que fosse dado o "de acordo" das partes no chat online, o que, dadas as circunstâncias, substituía suas assinaturas. Pedi que aproximassem seus documentos de identidade para que as imagens fossem captadas pelas câmeras e, finalmente, encerrei a gravação, parabenizando-os pela solução encontrada.

Quando começaram a trocar informações sobre os progressos escolares dos filhos, tive que interrompê-los e gentilmente sugeri que se encontrassem ou se telefonassem para conversar melhor.

Encerrei a sessão ouvindo seus muitos agradecimentos, com um sorriso no rosto que nem tentei disfarçar.

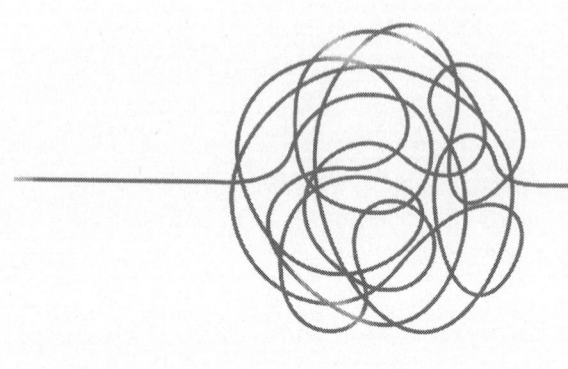

Analogias

Bati com a mão na mesa para que as partes se calassem, um recurso que evito ao máximo usar, por dar uma ideia de descontrole e por ser um gesto nada gentil. Naquele momento era necessário intervir com energia. O tom de voz da discussão tinha subido acima do aceitável. A raiva dominava o ambiente. Se deixasse que seguissem naquele ritmo, todo esforço empreendido até então para que fosse obtido um diálogo produtivo teria sido em vão.

A mediação que uma excelente comediadora e eu conduzíamos era empresarial, e tínhamos à nossa frente os sócios da companhia, outrora grandes amigos, mas que agora mal podiam se encarar.

Repassei mentalmente os fatos. Nós já tínhamos escutado ambas as versões da história e havíamos conversado com cada parte separadamente.

Um dos sócios havia criado um produto inovador e, por não dispor de capital suficiente para iniciar o projeto, procurou seu amigo da vida toda e ofereceu sociedade, meio a meio.

O negócio era bom, cresceu e, para que continuasse crescendo, era necessário investir. Depois de sucessivos aumentos de capital, o sócio "inventor" passara a deter 12% da empresa contra 73% do seu amigo "investidor".

Os demais 15% estavam em mãos de pequenos acionistas que haviam aderido à sociedade ao longo do tempo.

O impasse trazido para a mesa de mediação era o aumento imediato de capital necessário para que a empresa continuasse a crescer e enfrentasse uma acirrada concorrência. Uma vez integralizado, a nova participação do sócio "inventor" cairia para menos de 10% e, com esse percentual, ele perdia, pelos termos de um acordo de acionistas existente, o direito de eleger diretores e conselheiros, o que significava a impossibilidade de exercer um mínimo de gestão — para ele, uma situação inaceitável.

— Eu criei essa porra! Se não fosse eu, ninguém estaria aqui.

— O que você criou já não existe há muito tempo. Foi o embrião do que temos agora. O gatinho virou tigre e precisa comer. E se a gente não der comida, ele nos devora...

— Pare de fazer essas analogias de merda!

— A analogia é pra você entender, mas nem assim!

Os advogados de ambos deixavam a mediação correr. Sabiam que o protagonismo era de seus clientes e cabia a eles chegarem a uma solução que atendesse a ambos. Além do mais, não acreditavam que aquela pausa obrigatória no processo, determinada pelo juiz para que fosse tentado o acordo, fosse levar a algum lugar. O processo se arrastava por conta de uma liminar, notificações e contranotificações, uma tentativa indeferida pelo juiz de suspensão da assembleia de acionistas, e um pedido de anulação dela.

— A gente precisa investir. In-ves-tir!
— O que vocês querem é me diluir! Di-lu-ir! Mas não vão conseguir! Vou provar que...
— Vai provar o quê? Que quer asfixiar a empresa?
— Eu consigo o dinheiro!
— E até lá a gente para? Se abstém de participar da concorrência em andamento?
— Eu criei essa porra!
— Você está se repetindo...
— O assunto é pessoal! Você quer me ferrar!
— E você vai nos quebrar! Como pode ser tão burro?!

Minha intervenção surtiu efeito. Quatro pares de olhos surpresos me fitaram sem acreditar que a figura gentil e discreta a comediar as sessões era a mesma pessoa que havia batido com força na mesa, a mão espalmada fazendo tremer blocos, canetas e celulares desligados sobre ela. A comediadora, sentada ao meu lado, sorria discretamente. Já havíamos mediado juntas e nos conhecíamos suficientemente bem para ela saber que eu não era uma doida descontrolada, e que, dadas as circunstâncias, medidas pouco tradicionais poderiam ser uma boa alternativa.

Partes e advogados se entreolharam esperando o que viria a seguir. Nada. Nenhuma explicação. Seguiu-se um silêncio desagradável enquanto eu me levantava e me dirigia calmamente até a máquina de café. Eu não estava calma, longe disso. Tinha me afastado justamente para que não percebessem o quanto eu estava nervosa. Precisava me recompor para convencê-los de que, se eles não

chegassem a um consenso, minha vida seguiria igual. A deles, não.
 Inseri uma cápsula na cafeteira, apertei o botão, esperei a máquina funcionar, me servi de açúcar, sempre de costas para o pequeno grupo, e só depois me voltei para olhar para os presentes.
— Alguém quer café?
 Como ninguém respondeu, retornei, já recomposta, ao meu lugar e me sentei como se o tapa na mesa fosse fruto de uma alucinação coletiva. Depois de mexer a colher na xícara e de dar um gole na bebida, apoiei minhas costas contra o espaldar da cadeira.
— Vou lhes contar uma história que ouvi recentemente de um amigo. Conversando sobre filhos, ele me contou que, quando o seu terminou o segundo grau, lhe disse que queria fazer faculdade no exterior. Meu amigo não quis que ele fosse, alegando que o rapaz não estava preparado, era ainda muito jovem e nem bom aluno vinha sendo. Mais tarde, quem sabe, uma pós-graduação... O jovem insistiu. "Vá com seu dinheiro, eu não pago", disse o pai de forma categórica. Nova insistência, nova recusa.
 "O rapaz prestou o exame e passou no vestibular, começou a estagiar e acabou contratado pela empresa em que estagiava. Casou-se, teve dois filhos e nunca mais falou em estudar fora até que, recentemente, numa discussão por um motivo bobo qualquer, jogou na cara do pai, aos berros, que, por sua culpa, não tinha 'vivido a vida, crescido na profissão e feito carreira no exterior'."
 Parei de falar e terminei meu café. Organizei minhas anotações como sempre faço ao final de cada sessão, me preparando para levantar-me e ir embora.

— E então? — um dos advogados quebrou o silêncio.
— Vocês querem saber o fim da história? — perguntei, voltando a me recostar na cadeira. — Não há um final. A vida continua para pai e filho. Discutiram. Brigaram. Segundo meu amigo, se seu filho realmente quisesse estudar fora, teria dado um jeito de ir. Arranjaria uma bolsa ou trabalharia para pagar os estudos. Faltou vontade e garra. Já do ponto de vista do rapaz, faltou apoio, recursos, incentivo, amor. O mais triste é que ambos tinham um mesmo objetivo: a felicidade e o sucesso do jovem.

Nova pausa.

— Voltando à mediação: vocês têm um objetivo em comum. Descubram qual é. A empresa é cria de vocês. Ainda dá tempo de fazer os ajustes necessários, acertar o rumo e dar um bom fim à sua história, diferente da que eu acabei de contar. De que forma isso se dará, cabe a vocês decidir.

Um dos sócios, desconfortável com a lição de moral aplicada ao grupo, ainda tentou defender seu ponto de vista.

— Chega, isso não vai dar em nada. Deixa o juiz decidir quem tem razão.

— Aí é que está — minha colega interveio. — Não existe um "com razão" e outro "sem razão", e a decisão do juiz sempre pode desagradar, por incrível que pareça, a ambos. Aproveitem a oportunidade de decidirem por vocês. Façam a si mesmos a pergunta "O que eu quero para mim e para a empresa?", voltem aqui com as respostas e vocês descobrirão que as interseções entre o querer de um e do outro são muitas.

Me levantei, finalmente, e disse que daria uma volta para movimentar as pernas. Pedi à comediadora que preparasse a ata da reunião e fui andando em direção à porta.

— E então, teremos outra sessão? — perguntou o advogado de uma das partes.

— Vocês decidem. A mediação é voluntária e nós estamos à sua disposição.

Menos de cinco minutos depois, quando voltei para ler e assinar, com a mão dormente, a ata, constatei, aparentando indiferença, mas internamente otimista e feliz, que havia sido marcada a data para uma nova reunião.

Minha mão podia até estar latejando, mas ao menos o gesto do tapa na mesa havia criado uma oportunidade para que viessem a se entender. E eu torci fortemente para que isso acontecesse.

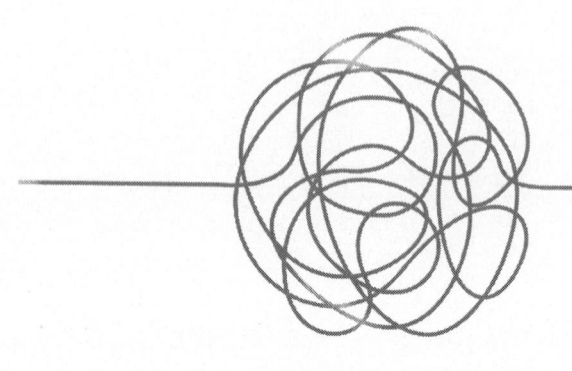

Realidade ou ficção?

À medida que a mediação transcorria, eu tentava tirar da cabeça um livro que li, tempos atrás, que descrevia a situação que eu via se desenrolar à minha frente. Tentava, em vão, com todas as minhas forças, e repassando meu treinamento de mediadora, me ater exclusivamente ao que era falado, e a não tirar nenhuma conclusão com base na minha vivência — no caso, na vivência das personagens fictícias de um romance.

A mediação era judicial, e o conflito, aparentemente simples — um caso de revisão do tempo de convivência dos pais com as filhas —, em vez de se dissipar, vinha se complicando de uma sessão para outra.

Na ficção, uma mãe que saiu de casa sem aviso e sem dar notícias por semanas, abandonando com o marido duas meninas pequenas para viver um grande amor, viu-se alvo da ira do pai das crianças e foi proibida de ter qualquer contato com as filhas que não fossem os encontros determinados pelo juiz, por poucas horas, numa praça pública, em tardes de domingo alternadas. Como o pai viajava muito a trabalho, foi designada uma cuidadora contratada para cuidar das meninas, judicialmente responsável por elas. A história se passava na Itália, e não sei como funcionam as leis de família no país, muito menos se o argumento da história se sustenta, mas o efeito catastrófico de tal decisão na personalidade das meninas, então adultas e unidas, apesar de geograficamente distantes quando a história se desenrolava, ficou gravado na minha memória.

Durante duas sessões inteiras de mediação, ouvi os argumentos do pai e da mãe de Laura e Luisa, que mal se olhavam. Vinham acompanhados de seus respectivos advogados. Meu objetivo era fazer com que chegassem a um consenso, de forma a evitar que o processo, que corria na justiça, se prolongasse ainda mais, e ninguém melhor do que os próprios protagonistas da história para escolher um bom final, mas o ressentimento e a raiva quase concretos que imperavam no ambiente impediam qualquer avanço.

O pai das meninas alegava que sua ex-mulher não parava em casa, viajava toda semana a trabalho, e que suas filhas estavam sendo criadas por empregadas. A mãe, por sua vez, negava que passasse tanto tempo fora, mas, mesmo se assim fosse, era melhor que as meninas fossem educadas por uma babá do que por um pai que, se não era presente enquanto eram casados, não o seria agora.

— Não quero minhas filhas crescendo sozinhas, já que você está sempre viajando.

— Não quero minhas filhas sendo educadas pela "namorada da vez".

— Então viaje menos e seja uma mãe presente.

— Então pague pela educação das meninas para que eu possa ficar em casa.

— Você não trabalha por elas. Você é *workaholic*.

— Alguém tem que trabalhar, e já que não é você...

Interrompi a discussão — aquilo não levaria a lugar nenhum — dizendo que gostaria de ouvir as meninas.

Ambos se mostraram surpresos, se entreolharam e, pela primeira vez, pareceram concordar com alguma

coisa. Não gostavam nada da ideia das meninas no meio da mediação.
— Por que você quer ouvir as meninas?
— Elas são muito novas...
— Você vai perguntar com quem elas querem ficar?
— Elas é que vão ter que escolher?
— Acho isso um absurdo...
— Não vou permitir...
Senti que, finalmente, avançávamos. Estavam unidos pelo bem-estar das garotas, e, certa de que tinha enveredado por um caminho correto, eu não voltaria atrás.
— Elas não escolherão nada, mas preciso ouvi-las para entender melhor a situação.
— Acho isso tudo um absurdo.
— É mesmo necessário?

Alegando ser de suma importância, e com o apoio dos respectivos advogados, consegui a autorização de ambos para marcar uma reunião com as garotas para dali uma semana, e fiz com que prometessem cooperar com o processo, dizendo a elas que conversariam comigo — a mediadora da separação de seus pais — com o fim de nos conhecermos.

Exatos sete dias depois, recebi em minha sala do CEJUSC duas simpáticas garotas, de dez e oito anos, acompanhadas de ambos os pais, que fizeram questão de levá-las até o fórum, dessa vez sem seus advogados.

Conversei a sós com uma, depois com outra, e depois com as duas juntas, por um tempo que não passou de uma hora.

As garotas estavam à vontade e me contaram sobre seu dia a dia, escola, atividades extracurriculares, professores e amigas.

Ficou claro que se sentiam amadas pela "mãe ausente" ("mamãe trabalha um bocado e é excelente marketeira"), pelo pai ("ele ama os dias que a gente fica com ele, mas bagunça a nossa vida, porque ele mora longe da escola e a gente tem que acordar quarenta minutos mais cedo"), e pela babá Neuza ("ela cuida muito bem da gente e fica triste porque nossos pais brigam tanto"). A grande queixa de ambas — seu maior problema! — era o quanto uma irmã implicava com a outra e, antes que eu tivesse o foco da mediação transferido — de um ex-casal que disputava mais tempo com as filhas para as duas pequenas que brigavam por tudo, como irmãs que eram! —, encerrei nossa conversa agradecendo a presença das duas e destacando o quão sortudas eram por serem tão amadas por uma mãe trabalhadora e um pai que desejava mais tempo com elas, além de contarem com uma babá carinhosa que as acompanhava diariamente. Para mim, estava claro que "a namorada da vez do papai" era irrelevante em suas vidas, assim como o tempo que sua mãe passava viajando a trabalho.

No encontro seguinte, deparei-me com um ex-casal diferente, mais relaxado.

Haviam conversado, entre si e com as filhas, e elas tinham tido a chance de dizer a eles — assim como haviam dito a mim — o que pensavam das ausências da mãe, dos cuidados da babá, da distância da escola da casa do pai, do quão chatas achavam uma à outra, da professora que pegava no pé, do amigo que implicava, do livro que não tinham conseguido terminar de ler, da prova que estava chegando, da van da escola que atrasava, da festa da Ana para a qual não tinham sido convidadas...

Sim, as meninas estavam bem, quem não estavam bem eram eles. A mãe gostava do trabalho — era uma profissional reconhecida no mercado, pena ter que viajar tanto acompanhando seus clientes em campanhas políticas Brasil afora —, e o pai havia entendido que, morando distante da escola, não fazia sentido exigir mais tempo com as meninas durante a semana. Quem sabe buscá-lasdepois das aulas nas sextas-feiras e deixá-las na escola às segundas, em vez de devolvê-las em casa cedo aos domingos...?

— Desde que elas não tenham festinha na sexta à noite...
— Pode deixar, eu pergunto para elas.
— Se eu estiver viajando, fale com a Neuza.
— Me passe o contato dela e eu combino...

Dei por encerrado nosso último encontro. Estava na hora de redigirmos o acordo.

Eu finalizava a mediação com um sentimento diferente daquele de quando terminei o livro das meninas criadas pela responsável judicial, ambas sentindo raiva do pai vingativo e a falta da mãe, ausente por imposição.

A realidade era diferente da ficção, ao menos naquele caso. Eu poderia apostar alto que as meninas, caso sua história viesse a ser escrita no futuro, não carregariam as sequelas das personagens do livro.

Sentiam-se amadas. Eram felizes. Podiam se dar ao luxo de brigar entre si, não precisavam unir-se, uma à outra, contra as adversidades e agruras da vida.

Estava garantido um final feliz — ao menos para a primeira década da história de suas vidas.

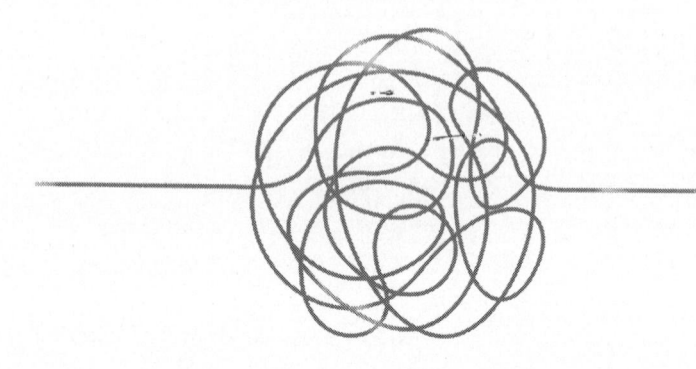

Uma mediação diferente

Eu lia um livro antes de dormir quando entrou uma mensagem no meu celular, de um número desconhecido: "Eunice, boa noite, meu nome é Sandra, me ligue assim que puder. Preciso marcar uma mediação".

Era tarde, passava muito da meia-noite, e imaginei que seja lá quem fosse que estivesse teclando no celular vivenciava um problema que lhe tirava o sono e contava comigo para ajudar.

Fechei o livro e apaguei a luz, anotando mentalmente para não esquecer de retornar a mensagem logo cedo.

"Bom dia, Sandra. Estou à disposição para conversar agora, se você quiser."

Mal pressionei o "enviar" e meu celular tocou. Era ela. Apresentou-se, disse que meu trabalho de mediadora havia sido recomendado por uma amiga comum e que precisava da minha ajuda. Pedi a ela que me dissesse do que se tratava, e fiquei surpresa quando soube que não existia um litígio a ser mediado, muito menos um processo ou mesmo a possibilidade de que viesse a haver um. O problema era de outra natureza.

— Não consigo me entender com a minha filha. Sempre que estamos juntas, a conversa desanda e acabamos brigando. Ultimamente, até por telefone. Não sei o que está acontecendo e preciso da sua ajuda.

Expliquei para a mãe aflita, escolhendo as palavras e pisando em ovos, que o ideal era que ela procurasse uma profissional com outro tipo de formação, uma terapeuta de família, uma psicóloga, alguém que tivesse o ferramental para entender o que estava acontecendo e que intermediasse o diálogo entre ela e a filha.

— Faço terapia e não está ajudando em nada. Achei que você pudesse mediar nossa conversa.

Há frases que têm o poder de mudar nossa forma de pensar. Algo que é dito que faz com que se enxergue o problema de um ângulo diferente. São essas frases, ou mesmo uma única palavra, que os mediadores buscam para mudar a cabeça dos mediandos. No caso, funcionou para mudar a minha cabeça.

Escutar "achei que você pudesse mediar nossa conversa" fez com que eu saísse da minha posição de "Isso não é trabalho de mediadora" e me abrisse para novas possibilidades.

Qual é o papel do mediador, afinal? Não é opinar ou dar conselhos, muito menos julgar. Seu objetivo é funcionar como uma ponte entre duas partes em conflito e fazer com que se escutem e construam a base para um entendimento — um acordo —, geralmente um documento que será registrado e terá força de uma decisão judicial ou, sendo extrajudicial, que gerará de imediato direitos e obrigações. Tirando a formalidade do documento, não era isso que aquela mãe queria? Construir um acordo entre ela e sua filha no qual houvesse o compromisso de deixar de fora do dia a dia palavras e atitudes que dificultavam o relacionamento? Por que não tentar?

Nesse mesmo dia entrei em contato com Julia, filha da Sandra e mãe da Nina. Expliquei a ela o motivo do meu telefonema e fiz a tradicional pré-mediação, explicando o procedimento e a convidando a participar. Julia ficou, num primeiro momento, surpresa, depois receptiva e, ao fim da nossa conversa, ávida por reencontrar na figura de Sandra a mãe que ela sempre fora antes de se tornar avó.

Marcamos nosso primeiro encontro. Ambas chegaram sorridentes e se abraçaram. Definitivamente uma mediação diferente de todas as que eu já tinha conduzido.

Fiz perguntas banais cujas respostas eram escutadas por ambas e ressignificadas. Separamos a mãe da avó, e identificamos a filha que também era agora mãe. A partir de certo momento, me tornei mera expectadora da conversa das duas e deixei que se entendessem.

Ficou claro para Sandra que ela poderia opinar na forma como Julia cuidava de Nina, mas sem jamais impor sua opinião. Sandra entendeu que o novo núcleo familiar de sua filha era ela, o marido e a pequena Nina, e que havia limites a serem observados. Julia, por sua vez, enxergou o quanto vinha, sem perceber, dificultando a aproximação de avó e neta. A forma como Sandra lidava com Nina era própria dela, e não necessariamente igual à sua, e que era bom que assim fosse. A pequena Nina saberia diferenciar o que era esperado de uma e de outra em forma de palavras e atitudes, e sairia enriquecida por ser amada incondicionalmente por duas pessoas tão próximas e tão diferentes.

Aperfeiçoaram os detalhes. Acertaram que opiniões seriam dadas apenas quando solicitadas. Sandra ligaria para Julia sempre que quisesse notícias de Nina, e não mais para a babá que, além de notícias da menina, contava detalhes do dia a dia do casal. Estavam abolidas as visitas que não tivessem sido previamente agendadas, e Julia prometia ser franca com Sandra, evitando desculpas e evasivas para postergarem encontros. Até mesmo as regras de alimentação da pequena foram discutidas e ficaram definitivamente abolidos balas e chocolates até que ela completasse cinco anos.

Achamos que seria uma boa ideia construir um "Acordo de Convivência" no qual constaria, em tópicos, o que não poderia ser dito e feito. Uma "Carta de Intenções" a ser consultada sempre que surgisse um impasse. Um documento elaborado por ambas, que foi assinado entre lágrimas e sorrisos, e selado com um abraço apertado.

E, como sempre acontece a cada mediação, aprendi uma nova lição: um acordo pode versar sobre os mais complicados assuntos envolvendo sócios, holdings, inventários, separações, ou ainda ser uma simples folha de papel onde se lê o que é esperado de uma relação entre mãe e filha, e seus limites. Muito provavelmente o papel ficará guardado no fundo de uma gaveta para um dia, durante uma arrumação, ser encontrado e lido, quem sabe, pela Nina adulta. Será o testemunho da vontade de suas queridas mãe e avó de acertar. Ou pode ser um texto nunca mais lido e, depois de um tempo, descartado. Um acordo que não terá mudado uma vírgula do que existe numa convivência repleta do mais puro amor protetor.

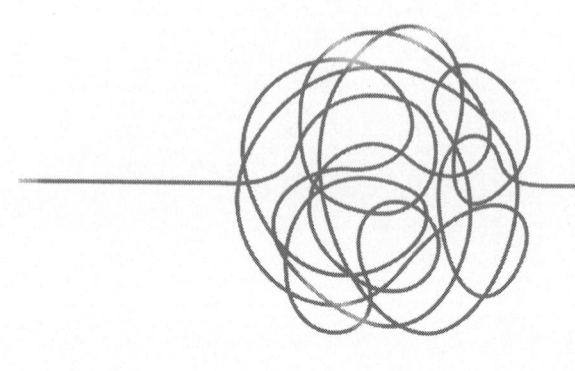

Culpa não se negocia

Eu me remexi na cadeira sem saber como continuar. O mediador — no caso eu mesma! —, por definição, não opina, não julga, não sugere nada. Seu objetivo é fazer as perguntas certas para que os presentes, ao responderem, se escutem e passem a conversar em uma mesma frequência, audível e assimilável por ambos. Mas ele também tem como dever chamar à realidade as partes que estão prestes a construir um acordo não factível ou que tenha uma base que não se sustenta.

Na mediação que eu conduzia, acompanhada de um mediador em treinamento, o acordo almejado por ambos estava sendo construído, sem que eu me desse conta, de forma a apagar uma imensa culpa que fora confessada aos borbotões e a absolver do pecado da traição o rapaz a nossa frente. O preço que ele se dispunha a pagar pelo remorso que sentia era o valor da pensão pedida pela ex-companheira que, somado ao valor pago mensalmente por outra união desfeita, o deixaria com quase nada para sua própria subsistência.

Tudo muito triste, a começar pela jovem sentada ao seu lado com um bebê nos braços e lágrimas nos olhos que escancaravam sua mágoa de companheira traída desde os primeiros meses da gravidez.

O rapaz admitia uma culpa imensa por não ter "se segurado", tentando explicar, para se justificar, que "homem é assim mesmo, doutora, não sei o que acontece comigo..., mas vou pagar tudo direitinho, tudo que eu puder dar para ela criar meu filho com conforto...".

Recapitulei com ambos a situação. O rapaz recebia um valor "xis" no contracheque que já vinha descontado de 20% pagos como alimentos ao filho gerado numa união anterior. Estava disposto a pagar outros 20% à mãe de seu segundo filho, repetindo incessantemente que nada faltaria à criança. Fazia questão de que o percentual incidisse não apenas sobre os proventos mensais como também sobre o 13º salário, férias, comissões ou bônus que ele porventura viesse a receber, sem ao menos fazer as contas do quão pouco ganhava — cerca de dois salários-mínimos — e de quanto precisaria para ele mesmo viver. Informei que poderíamos fixar um valor provisório de alimentos até, por exemplo, a mãe poder voltar ao mercado de trabalho, uma possibilidade rechaçada por ambos. Deixei claro, novamente, que esse era um comprometimento de longo prazo — pelos próximos dezoito anos, até o bebê completar a maioridade — e que nesse tempo muita coisa poderia mudar.

Para tudo que eu falava, o jovem assentia com um movimento de cabeça. A moça, que só se mexia de tempos em tempos para mudar a criança de posição em seus braços, seguia chorando.

Terminei de rever os fatos pensando nas minhas duas opções: encerrar a mediação alegando desconforto de foro íntimo ou seguir adiante fechando o acordo que passaria ainda pelo Ministério Público, já que envolvia um menor de idade, e que seria homologado, ou não, por um juiz.

Antes mesmo de eu chegar a uma conclusão, se fez ouvir, como que vindo de outra dimensão, o diálogo entre eles que mudou tudo.

— Pago o que eu tiver que pagar pelo bem do meu filho, mesmo que eu fique sem nada.

— Tem que pagar mesmo. Na hora de me trair não pensou na criança. Vai pagar, e bem pago. E tomara que morra de fome.

Olhei para ambos tentando disfarçar minha surpresa. Como pude não perceber que as lágrimas vertidas pela jovem mãe eram muito mais de ódio do que de tristeza, e que o rapaz buscava pagar uma fatura impagável movido quase que exclusivamente por culpa?

Me recompus rapidamente. Nada como um choque de realidade, desta vez na mediadora, recebido no último minuto do segundo tempo, para clarear as ideias.

Havia, para mim, uma terceira opção, que agora eu percebia ser a única possível: mostrar a ambos que pensão alimentícia não é expiação de culpa e muito menos vingança; fazê-los enxergar que ambos tinham parcela de responsabilidade na geração daquele filho; que tinham uma vida a ser reconstruída pela frente; que possuíam um filho em comum e precisariam conviver sem raiva pelo bem da criança; que não se vive de brisa...

Marquei uma nova data para que nos reuníssemos.

— Não quero ter que voltar aqui. Vamos resolver logo.

— Também prefiro resolver logo — a voz do rapaz já não me soou tão segura, ainda abalado com a última frase da ex-companheira.

— Não é possível resolver tudo num único dia — eu respondi. — Temos que acertar não só o valor dos alimentos, mas, também, como se dará a convivência do pai com a criança...

— Meu filho ele não vai ver.

— Ele é meu filho também.

— Já, já, você arruma outro pra cuidar...
Interrompi a discussão. Fui dura na forma e no tom. Não era assim que resolveríamos nada, e eu contava com a presença de ambos no dia tal, na hora marcada.

Olharam-me assustados pelo meu tom de voz, e eu, sem mais explicações, passei a redigir a ata que foi assinada por ambos. Levantaram-se sem se olharem e sem me dirigir palavra.

Era esperado, um hábito meu, que eu os acompanhasse até a saída. Não tive vontade, estava exausta, e pedi ao meu comediador que o fizesse.

Permaneci sentada olhando para o nada por algum tempo, pensando em como as pessoas têm a capacidade de complicar a própria vida, até que meus pensamentos foram interrompidos pela volta do mediador em treinamento. Sorri ao perceber que ele também estava abalado com a reviravolta repentina.

— E então, o que você achou? — perguntei.
Ele não teve chance de responder. Fomos atropelados pelo relógio e pelo aviso de que as partes da mediação seguinte já estavam aguardando.

Arquivei minhas notas com as observações sobre o caso, que seria discutido depois. Tínhamos um longo caminho pela frente, mas, agora, ao menos eu tinha certeza de que estava na direção certa.

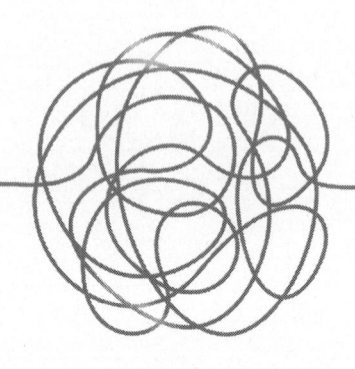

Quem fica com os cachorros?

— Mãe, você faria uma mediação de um problema envolvendo cachorros?
Achei que era uma piada e aguardei, sorrindo, que minha filha continuasse. Mas ela esperava uma resposta. Não era uma pegadinha.
Um casal de amigos seus estava se separando. Não tinham filhos, mas tinham cachorros, e esse era o principal complicador num divórcio praticamente concluído, com exceção da guarda canina. Disse à minha filha que desse a eles meu contato e que poderíamos conversar.
Nesse mesmo dia recebi um telefonema da Joana, que se identificou como amiga da minha filha e "mãe" do Zeca e da Amora. Contou que estava se separando e que não chegavam a um acordo sobre com quem ficariam os dois. Se eu não tivesse sido previamente alertada não saberia que se tratava de dois cachorros. Expliquei à Joana como funcionava a mediação e ela ficou interessada.
— Você pode falar com o Marcos, aproveitando que ele está aqui perto?
Antes que eu pudesse responder, ouvi um "Maaaarrrcooosssss!!!!" e, ato contínuo, um "alô" numa voz masculina simpática, de alguém que não tinha ideia de com quem estava falando.
Sentei-me. Afinal, estava em plena pré-mediação. Apresentei-me ao Marcos e, pela segunda vez num mesmo

telefonema, expliquei como funcionava o procedimento. Percebi que Marcos colocara o celular no viva-voz e conversava comigo enquanto brincava com Zeca, ou com Amora, ou com os dois. Encerrei a conversa avisando que mandaria a minha proposta, e, se resolvessem seguir adiante, que voltassem a me contatar.

Demorei para enviar meus honorários. Casal jovem, amigos da minha filha, já separados e disputando a guarda de cachorros... Cogitei em chamá-los para tomar um café e ajudá-los como pudesse, mas algo me fez mudar de ideia. Uma mediação formal só faria bem a eles. Os ajudaria a levar aquele momento a sério.

Proposta enviada por WhatsApp, peguei um livro para ler e me concentrei na leitura. Menos de meia hora depois, já aparecia na tela do telefone o "de acordo" de ambos, a minuta de contrato padrão preenchida com seus dados e o tradicional "Podemos marcar para quando?".

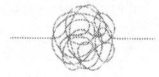

Eram jovens e lindos. Conheceram-se na faculdade, namoraram dois anos, planejaram o casamento ao longo de outros dois e ficaram menos do que isso casados. Ambos tinham vinte e sete anos e se diziam pais de dois pugs que conheci por retratos (muitos!) nos seus celulares. Estavam formalmente divorciados, um procedimento simples, já que houvera um contrato pré-nupcial, abrangente quanto aos assuntos "bens" e "filhos", mas omisso quanto a cães.

— Me falem sobre os cachorros. Como eles entraram na vida de vocês?

— Dei a Amora para a Joana, e ela me deu o Zeca.

— Antes de vocês se casarem?

— Sim. Logo que a gente começou a namorar.

Me parecia simples que, sendo assim, cada um levaria seu próprio cãozinho para casa e seguiria sua vida, preocupando-se com o que realmente importa — conhecer pessoas, começar um novo relacionamento, focar a carreira, perseguir seus sonhos e batalhar de forma a alcançá-los.

Mas me refreei de opinar. Não estava ali como a mãe da amiga deles. Estava como mediadora.

— E o que vocês pretendem fazer quanto aos cachorros?

O clima mudou. Tornou-se hostil. Discordavam veementemente quanto às possibilidades.

Reassumi o controle.

— Vamos organizar a convivência de vocês com os cachorros, como fazemos com crianças de pais que se separam.

Expliquei a ambos sobre os tipos de guarda — compartilhada, unilateral e alternada —, me sentindo meio idiota, tenho que confessar. Eles não prestavam atenção. Já estavam decididos e não arredariam pé de suas decisões.

Joana insistia que os cãezinhos deveriam ficar com ela, e Marcos podia ir visitá-los sempre que quisesse. Já Marcos aceitava a guarda alternada, mas Joana não confiava deixar seus filhos aos cuidados do ex-marido que saía cedo para trabalhar, chegava tarde em casa, não os levava para passear, esquecia de dar comida e remédios, e não tinha empregada.

Separá-los era impensável. Um cãozinho não sobreviveria sem o outro. Quanto a isso estavam ambos de acordo.

Eu tive cachorro quando criança, cães de guarda que viviam no espaço externo da casa e não eram admitidos em seu interior. Mais tarde, cedendo aos pedidos das minhas filhas, tivemos três cachorros em momentos diferentes — todos cuidados em apartamento, com carinho, mas como animais que eram.

Abandonei minhas memórias e voltei a atenção para a mediação e para o rapaz e a moça à minha frente.

Não, o problema em questão não era a convivência com os pugs. Essa era apenas a ponta do iceberg. Existia algo mais abaixo, escondido, que precisava ser desvendado. A parte submersa.

— Me falem de vocês — pedi.
— Falar o quê? — Pareciam surpresos.
— Como vocês se conheceram, em que momento decidiram se casar, e o que fez com que se separassem?

Falar de si próprios não parecia tão fácil quanto falar dos filhos caninos, e ficaram em silêncio por um bom tempo, até que Joana começou, silenciosamente, a chorar.

Foi uma linda mediação. Fiquei feliz por ter aceitado mediar uma "separação envolvendo cachorros".

Envolvia cachorros, é certo, e muito mais. Tratava-se de uma imensa tristeza submersa, a parte escura e invisível do iceberg.

Carregavam na alma a dor de um casamento fracassado, consequência de uma traição descoberta que levara a um divórcio, segundo eles, necessário e consensual.

A facilidade inesperada da parte processual atropelara ambos, que se viram separados sem viverem um luto muitas vezes necessário para recomeçar um novo ciclo.

Não estavam prontos para romperem definitivamente os laços. Não estavam preparados para seguir vidas separadas, ainda que fosse esse o desejo de ambos. Não haviam entendido que era necessário fechar uma porta para abrir outra. E, se haviam, não tinham forças para tal. A impossibilidade de separar os cachorros era o fio que ainda os unia, a "desculpa" para se verem de vez em quando.

Ao longo de três encontros, fiz com que mergulhassem fundo num oceano de emoções sem a ajuda das "boias-pugs" de salvação. Submergiram, revisitaram sua relação e emergiram molhados das águas salgadas de suas lágrimas, conscientes de suas responsabilidades e decisões, enfim prontos para recomeçarem suas vidas, com ou sem cães de estimação.

Finalmente, depois de eu ter lembrado a eles o que os levara à mediação, mais leves e sem discussão, decidiram por uma guarda compartilhada para os pugs depois de Joana ouvir de Marcos a promessa de que cuidaria bem dos "filhos" de ambos nos dias em que estivessem com ele.

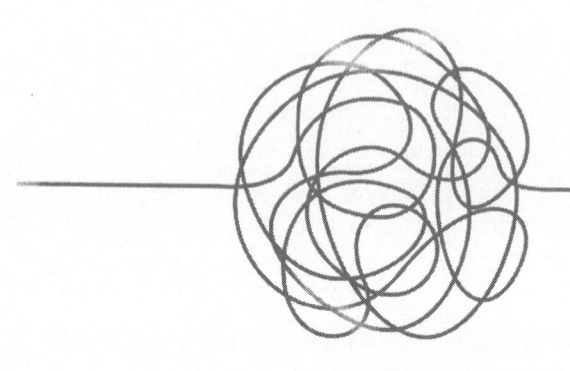

Obrigação de fazer

De um lado da mesa, o casal de meia-idade, bufando de raiva, representado por uma advogada da Defensoria Pública. Do outro lado, o preposto da concessionária de energia elétrica, acompanhado da advogada do departamento jurídico da companhia. E eu, sentada à mesa entre eles, naquele momento vivendo o desconforto de mediar um caso sobre o qual as partes não tinham qualquer controle, e pouco, ou nada, podiam fazer.

A situação era para lá de absurda. A ação, objeto da mediação, contestava o valor de uma conta de luz mais de dez vezes superior à média dos valores históricos que vinham sendo cobrados.

Marido e mulher haviam tentado reclamar junto à companhia e foram informados de que, para protocolarem a reclamação, teriam que pagar a conta em atraso. Ajudados por um dos filhos que emprestou o dinheiro que faltava para cobrir o montante, a conta foi paga, e seguiram com os trâmites junto à companhia.

A conta no mês seguinte veio, mais uma vez, fora do padrão, e não foi, deliberadamente, paga.

A determinação da companhia de energia de que fosse feita uma aferição no medidor não pôde ser cumprida, pois o casal morava numa comunidade dita "de risco" e o carro dos funcionários da empresa prestadora de serviço foi impedido de subir.

Receberam nova conta fora do padrão — a terceira. Depois de outra reclamação junto à concessionária, foi marcada nova aferição do medidor, que mais uma vez não aconteceu. Os funcionários, assustados, se recusavam a cumprir ordens.

— Não tem nada disso, não. Há anos moramos lá e nunca sofremos assalto. Minha filha foi assaltada em Copacabana, levaram o celular dela. É pura falta de vergonha desse pessoal que não quer trabalhar...

Perguntei à advogada da companhia quais as providências que costumavam ser tomadas nesses casos, mas ela não soube dizer. O preposto tampouco tinha qualquer informação. Sua apatia só servia para aumentar minha sensação de impotência.

A mediação era injustificada, perdia-se um tempo precioso que corria inclemente a favor de uma nova conta estratosférica que, por motivos óbvios, não seria paga.

Qualquer pessoa sabe que a falta de pagamentos sucessivos da conta de luz leva a um corte de energia que causa transtornos inimagináveis, sem contar as consequências de ter o nome incluído nos serviços de proteção ao crédito.

A raiva do casal à minha frente se voltou contra mim.

— A senhora não pode obrigar eles a irem lá?

— Não posso, infelizmente. Isso tem que ser determinado pelo juiz do processo...

— Então o que a gente veio fazer aqui?!

Eu não tinha a resposta. Me sentia tão indignada quanto eles. Eu era uma mera engrenagem, uma obrigação a ser cumprida em um processo, uma perda de tempo e uma esperança esfacelada de que as coisas pudessem se resolver na mediação. A sessão tinha transcorrido em menos de dez minutos. O representante da companhia não tinha autonomia para resolver o assunto, estava ali cumprindo uma exigência formal, que era participar da mediação determinada pelo juiz.

Não os impedi quando marido e mulher se levantaram destilando ódio e, sem se despedir e nem olhar para trás, foram embora abandonando sua advogada na sala. Ela, o preposto e a advogada da companhia se entreolharam. Não me dei ao trabalho de falar nada. Minha vontade era fazer o mesmo que o casal tinha tido a coragem de fazer — me levantar e sair, deixando todos eles ali.

Em vez disso, digitei com raiva, e imprimi, para que fosse assinada, a ata da mediação comunicando que não se chegara a um acordo e que eu devolvia os autos à Vara de origem.

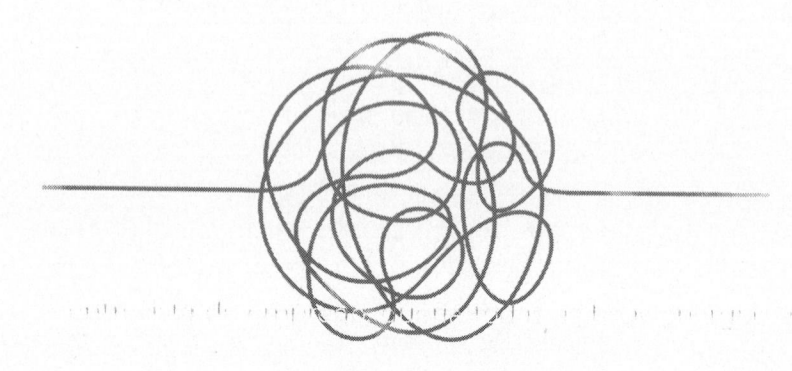

O combinado não sai caro

Era a vez de Mariana relatar os fatos, do seu ponto de vista. Ela parecia cansada, falava pausadamente e sua voz era quase inaudível.

— Fiz tudo exatamente como combinamos. Chamei os meninos para uma conversa. Quando eles se sentaram, eu disse que tinha uma notícia que parecia ruim, mas que no fundo era boa, para eles escutarem sem interromper. Disse que, de um tempo para cá, o pai deles e eu vínhamos brigando que nem cão e gato, e que a nossa vida não estava nada boa. Falei que a gente tinha tentado mudar, que nossas discussões não eram de agora, e que finalmente tínhamos chegado à conclusão de que o melhor para todos nós (para eles, nossos filhos, também!) era nos separarmos. Garanti que no futuro eles veriam isso como uma decisão acertada, porque, pior do que ver pai e mãe separados, é ver pai e mãe tristes. Terminei dizendo que nós estávamos sendo muito corajosos, porque muita gente acaba ficando casada se sentindo infeliz porque não tem coragem de se separar, e quando isso acontece, acabam vivendo tristes para sempre.

Mariana parou de falar e me olhou. Não tinha mais nada a acrescentar ou preferiu fazer uma pausa, na tentativa de dominar as lágrimas.

Voltei-me para Antonio, que escutava de cabeça baixa.

— E você, Antonio, se lembra de algo que gostaria de acrescentar?
— Não. Foi exatamente assim.
— Então vocês estavam de acordo com a separação... Foi uma decisão pensada e tomada pelos dois, e, inclusive, enfrentaram juntos esse momento difícil de contar para as crianças. O que mudou desde então?

Já era nosso terceiro encontro e a mediação tinha parado de avançar.

A decisão de se separarem, que culminou no divórcio assinado pouco mais de um ano atrás, tinha partido da Mariana, e por mais que o casamento estivesse indo de mal a pior — e Antonio estava mais do que ciente disso! — o "the end" não havia sido como ambos vinham antecipando que seria. Viviam mal, "em modo avião", para usar suas próprias palavras, até que Mariana conheceu João Henrique e se envolveu com ele. Essa foi a gota d'água para que ela tivesse certeza de que não havia futuro no casamento e arranjasse a coragem de que precisava para enfrentar os fatos e o marido. Tinha passado a hora de se separarem. Depois de vividas a raiva e a tristeza com a revelação, decidiram tocar o projeto "separação consensual" adiante, de forma que machucasse o menos possível os envolvidos, sobretudo os três filhos pequenos do casal.

Palmas para eles, até que o que haviam planejado começou a desmoronar.

Com o tempo, o namoro entre Mariana e João Henrique se fortaleceu, e ele passou a fazer parte constante da vida das crianças. Em fins de semana alternados, subiam a serra para a casa de campo que ele possuía e esses eram os momentos mais aguardados pelos três meninos, que viam no namorado da mãe um supercompanheiro de banhos de piscina e um animadíssimo quarto jogador para os jogos de bola no gramado.

Crianças comentam e, aos poucos, fragmentos desses momentos felizes chegavam aos ouvidos de Antonio, que foi se deixando envenenar por ciúmes, raiva e inveja.

Providências foram tomadas por ele para dificultar a vida da ex-mulher, tais como um pedido de revisão do tempo de convivência, redução no valor da pensão e, por fim, extinção desta, tendo em vista que, pelo contrato de divórcio, caso Mariana voltasse a se casar, Antonio estaria desobrigado de pagar qualquer valor a ela.

— Não me casei, nem tenho união estável. João Henrique não tem que me sustentar...

— Quase dois anos juntos...

— Em casas separadas...

A parte financeira havia sido exaustivamente discutida nos dois encontros anteriores e haviam chegado a um consenso. Outro ponto ultrapassado era a rigidez e intolerância nos horários de volta da serra, motivo de briga por conta de uma pizza semanal das crianças com o pai, marcada aos domingos, cada vez mais cedo.

O que estava em discussão no momento era a quebra do combinado entre eles, ainda que não estivesse nas letras do contrato de divórcio. Antonio e Mariana, de comum acordo, haviam decidido omitir dos meninos o estopim da separação — o namoro dela antes do fim do casamento — e ficou clara a quebra do combinado quando, numa discussão por uma desobediência qualquer, Mariana ouviu

do seu filho mais velho uma frase que lhe feriu como uma punhalada.
— Não acredito em você! Mentiu para o meu pai, traiu ele, e não adianta dizer que não, porque eu sei, ele mesmo me contou!
As palavras do menino caíram como uma bomba. A reação imediata de Mariana foi botar o filho de castigo e ligar para Antonio pedindo providências imediatas, sendo a primeira delas uma conversa com o garoto, afirmando ter havido um mal-entendido.
— Não volto atrás e não tenho que dar explicação nenhuma. Aconteceu, e está na hora de você assumir a burrada que fez.
— Burrada foi ter confiado em você, que não vê o mal que está fazendo se vingando de mim nas crianças.
— Cansei de fazer papel de idiota. Tá na hora de eles terem uma lição sobre responsabilidades, e de você enfrentar a sua, que levou ao fim do casamento...
Mariana desligou chorando. Talvez, um dia, numa outra situação, ela tivesse a conversa com os filhos sobre o que tinha realmente acontecido, mas não daquela forma, naquele contexto, e muito menos tendo que se explicar. Assim, foi evasiva e não voltou ao assunto, mas...
Alguma coisa havia trincado, como acontece com um cristal delicado, e não era apenas a confiança e respeito que até então nutrira pelo pai de seus três filhos, ou a admiração incondicional do seu filho mais velho por ela. Era o tão difícil equilíbrio, obtido à custa de muito esforço, entre o "antes" e o "depois" do fim do casamento, e a entrada de um novo personagem — João Henrique — na vida da família, que, de um momento para outro, deixava de ser bem-vindo.

A despeito das conversas de Mariana com os meninos e da ajuda de uma terapeuta, a subida à serra nos fins de semana perdeu o brilho, e a convivência com João Henrique passou a ser quase cerimoniosa. Por fim, veio a solicitação de Antonio, alegando ser porta-voz das crianças, para que os fins de semana na serra não mais acontecessem.

— Não vou forçar meus filhos a conviverem com quem eles não querem.

— Eles gostam...

— É o que você pensa.

A sugestão de procurarem a mediação partira da terapeuta contratada para minimizar o estrago da revelação, e eu me via tentando frear a escalada de um conflito que levaria, muito provavelmente, a um litígio judicial.

Perguntei novamente, para ambos, já que nenhum dos dois me havia respondido.

— Vocês estavam de acordo com a separação e em não entrar nos detalhes com os meninos do motivo que os levou a tomar essa decisão. Enfrentaram juntos o momento de contar para eles. O que mudou desde então?

— Nada mudou — Mariana respondeu baixinho.

— Tudo mudou — falou Antonio de forma quase inaudível, e quando se virou para mim, tinha o rosto desfigurado pela dor. Dor de alma.

Eu senti que tinha atingido o ponto da reviravolta, que pode, ou não, acontecer na mediação. Algo havia sido dito que tinha tocado Antonio e virado uma chave dentro dele.

— O que mudou? — insisti.

As frases assomaram lentas, ditas com dificuldade.
— Não gosto de saber que meus filhos preferem os fins de semana com a mãe. Detesto ver eles sendo paparicados por outro homem. Me corta a carne ouvir os meninos falarem o tempo todo no João Henrique, João Henrique, João Henrique... Não pensei que o namoro fosse durar. Me mata saber que ele faz a Mariana feliz. Fico doente só de pensar que ele pode dar coisas a eles que eu não posso dar...
— O que você acha que ele pode dar que você não pode?

A dor e a tristeza escoaram como um rio até então represado por um dique de inveja, raiva e pudor que acabara de se romper. Veio à tona, num turbilhão, em frases curtas, soltas e desconexas, menções à aparência do companheiro de sua ex-mulher, seu porte atlético, a casa de campo, o carro do ano, o fato de dispor de sua família sem as responsabilidades inerentes a ela; a forma como olhava para Mariana, como seus filhos falavam dele, a intimidade adquirida pela convivência... Sentimentos ruins de dor, raiva e inveja, que, aos poucos iam sendo aplacados à medida que eram verbalizados.

Mariana ouvia calada. Precisava ouvir.

E quando ele parou de falar, foi a vez dela de dizer o que tinha que ser dito, e que Antonio precisava escutar. Que ninguém era melhor que ninguém. Que por mais que as crianças gostassem de João Henrique, era ele, Antonio, o pai de três meninos que o amavam. Lamentava o fato de seu companheiro não ter filhos, já que ela não pretendia ter outros mais, e que João Henrique aceitava isso dela, o que devia ser duro para ele.

A conversa que haviam tido com os meninos, ela teve novamente com Antonio. A decisão da separação, por mais dura que fosse, era necessária. Eles vinham brigando por qualquer coisa. Haviam tentado mudar e optado pelo divórcio. Uma decisão pensada e corajosa. A alternativa era viverem infelizes para sempre. Uma decisão combinada, e fizera parte do acordo deixar de fora a gota d'água que fizera o copo transbordar — a traição de Mariana. E agora teriam que lidar com outra traição — a de Antonio —, que expusera a gota d'água.

Encerrei nosso encontro marcando uma data para retornarem.

Muito havia sido falado e eles precisavam de uns dias antes de voltarem a se encontrar. Palavras, como poeira, precisam de tempo para assentar. Como sementes, uns dias para germinar. Precisam ser regadas por pensamentos e considerações.

Em alguns dias estariam prontos, tinham uma imensa vontade de acertar. Caberia a eles, novamente, e juntos, lidar com os problemas dessa nova fase, buscar soluções e combinar entre si a melhor forma de enfrentarem mais uma conversa difícil com os filhos.

Torci para que combinassem bem combinado, e que se ativessem à combinação.

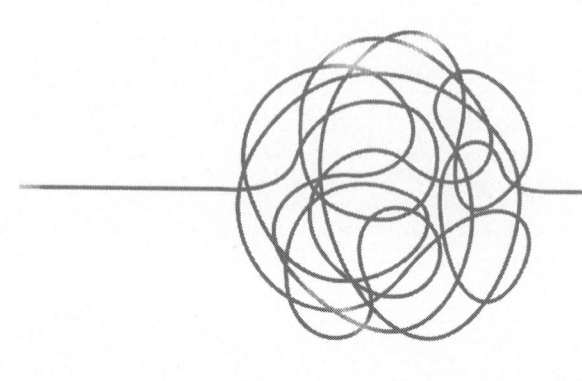

Entre o direito à privacidade e a vontade de ajudar

Estava na fila de embarque da ponte aérea para São Paulo quando um celular bem próximo tocou. Achei que fosse o meu, e já ia enfiando a mão na bolsa quando um rapaz à minha frente sacou seu telefone do bolso do paletó.

Ingressei, por não ter mais o que fazer, no meu passatempo de tentar adivinhar o que as pessoas à minha volta são, fazem e sentem. Voo das 11:00, ponte aérea, paletó, bagagem pequena de mão, logo deduzi que o jovem estava indo para uma reunião ou um almoço de negócios em São Paulo. O telefonema podia ser de um sócio, ou parceiro, muito provavelmente um assunto de trabalho.

Mas eu estava enganada.

Ouvi, mesmo sem querer, um monólogo — na verdade um diálogo, mas eu só escutava um lado — sofrido e íntimo, um grito de socorro de um pai fazendo um pedido em nome de sua filha criança. Na outra ponta, imaginei uma professora, ou uma babá, ou mais provavelmente uma terapeuta.

— Sim, te liguei, obrigado por retornar. Por favor, veja o que você pode fazer pela Vitória. Fale com a mãe dela, por favor.

—...

— Eu sei, eu sei. É que a Vitória está morrendo de saudade da avó, que se recusa a falar com ela. Não atende o celular, não lê o WhatsApp, nada. Não atende e nem responde às mensagens.

— ...

— Eu entendo, mas é que a Vitória sofre e fica me pedindo para levar ela pra Belo Horizonte para ver a avó. Não tenho como pagar uma fortuna em passagens e arriscar levar a menina sem nem mesmo saber como ela vai ser recebida...

— ...

— Por favor, sim, eu entendo... Você está fazendo um supertrabalho, e mais uma vez te agradeço, mas te peço só mais esse favor...

— ...

— Não acho justo a avó comprar a briga da mãe e descontar na menina só porque a guarda é minha. Quem sofre é a garota, a minha filha. Não aguento ver isso. Sei que você vai dar um jeito de nos ajudar...

— ...

— Não adianta, ela não fala comigo. Já desisti.

— ...

— Entendo sua posição, mas faça o que puder, por favor, já não sei mais o que fazer.

— ...

— Ok, muito obrigado. Estou embarcando para São Paulo, mas amanhã estou de volta ao Rio. Fale com a mãe dela, por mim e pela Vitória. Faça tudo o que puder.

A fila andou, embarcamos, cada um seguiu sua vida, ainda que, pelos próximos cinquenta minutos, dentro do mesmo avião.

Sentei-me triste na minha poltrona e, enquanto via, pela janela, o avião ganhar velocidade, ganhar altura e lentamente fazer a volta em direção ao sul, pensei em como as pessoas podem ser rancorosas a ponto de passar como tratores sobre sentimentos de uma criança, que simplesmente ama e quer ser amada. Continuei, agora com mais subsídios, com meu passatempo, e imaginei o rapaz recém-saído de um casamento, uma ex-mulher magoada, uma ex-sogra raivosa que comprou a dor da filha, e uma menina na linha de tiro de afetos mal resolvidos. Imaginei uma terapeuta buscando ajudar a família e fazendo um bom trabalho, mas que nada tem a ver com o leva e traz de informações entre as partes do ex-casal.

Questionei minha omissão, considerando o conhecimento que tenho sobre mediação, sobre práticas colaborativas no divórcio, equipes multidisciplinares, comunicação não violenta, e tudo mais.

Pensei na escolha que fiz, priorizando o direito à privacidade do rapaz sobre a oportunidade que tive de ajudar. Entendo que muitas vezes nos calamos por não sabermos avaliar o momento de agir e pelo medo de sermos mal interpretados. Eu podia ter pedido para trocar de lugar e me sentar ao lado dele. Teríamos cinquenta minutos de conversa sem sermos interrompidos. Não sei se tenho esse direito, ou se teria adiantado — o fato é que não agi.

Fechei os olhos e rezei, como sempre faço quando decolo, pedindo a Deus para fazer uma boa viagem, e aproveitei para acrescentar às minhas preces que a mágoa dessa avó abrandasse e que o seu coração se abrisse de forma a perdoar, e, ao fazê-lo, que se permitisse amar e ser amada.

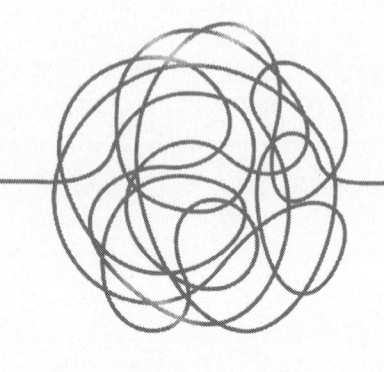

Mediação de uma vida inteira

— Eles se completam, como queijo e goiabada, sempre lado a lado — insistia a filha, inconsolável.

Tive que pedir para que Julieta deixasse sua mãe falar. Diante de mim, uma situação inusitada. Pai, mãe e filha, essa última tentando, a todo custo, impedir que seus pais levassem a cabo uma separação que lhe parecia absurda. Afinal, estavam às portas de comemorar sessenta anos de um casamento que, Julieta me garantia, era perfeito.

Ele, com oitenta e dois anos, e ela, chegando aos oitenta, ambos lúcidos e bastante independentes — coisa dos tempos modernos de tantos cuidados, informação e prevenção das doenças —, garantiam que estavam decididos. Ultimamente vinham se desentendendo muito e já não tinham mais vontade de viver sob o mesmo teto.

Perguntei o porquê das brigas, que, segundo Julieta, começaram assim, de repente, e fiquei surpresa com a resposta, dada por ela mesma.

— Papai diz que são ciúmes, e que ele não aguenta mais. Minha mãe, de uma hora para outra, resolveu ter ciúmes do meu pai, veja só!

Insisti, mais uma vez, para que Julieta parasse de responder as perguntas dirigidas aos seus pais, ou eu teria que pedir para ela esperar fora da sala. Precisava ouvi-los.

— Me conte, Dona Aurélia, por que a senhora está decidida a se separar?

— Porque cansei de ser passada pra trás. O José sempre aprontou todas no casamento e não vai ser agora que vai deixar de aprontar. Nunca tive coragem de contar para ninguém, mas chega uma hora que a gente cansa. Vou fazer oitenta anos e quero começar vida nova.

Dona Aurélia falava sem raiva ou dor. Não tinha sido uma decisão "de uma hora para outra", como Julieta insistia em afirmar.

Enquanto ela expunha os fatos, ficava cada vez mais claro que sua decisão era fruto de muita observação e ponderação nos últimos anos de uma relação permeada por um sofrimento reprimido em nome do que ela chamava de "bons costumes".

— Ainda hoje ele me esconde coisas. Tem uma gaveta trancada, fala escondido no celular, não responde as minhas perguntas. Por que viver com alguém que não divide sua vida comigo?

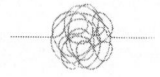

O mundo mudou, os costumes evoluíram, e sentimentos são agora amplamente discutidos. A velha senhora passara a observar as mudanças, primeiro indignada com a fragilidade de tantos relacionamentos desfeitos por quase nada. Uniões terminadas por segredos descobertos, pequenas traições do dia a dia, e o tempo que se perde discutindo o indiscutível — afinal, o que Deus uniu o homem não separa. Mas, passado o tempo e a indignação inicial, começara a observar melhor os fatos e a questioná-los, e questionamentos levam a constatações.

O casamento de sua neta, ao contrário do que ela pensara, pode não ter acabado porque Maria Clara trabalhava tanto que seu marido chegava em casa antes dela e, com toda razão, ficava aborrecido por não a encontrar. Talvez o motivo tenha sido outro. Ela nunca vai saber. O que importa é que Maria Clara está casada novamente, e feliz. Seus filhos não são nem mais, nem menos alegres do que outras crianças cujos pais vivem juntos. Maria Clara segue trabalhando e seu atual marido não parece se incomodar de chegar em casa antes dela. Melhor, orgulha-se do sucesso profissional da mulher.

— Eu nunca trabalhei — ela continuou. — Fiz o "normal" para ser professora, mas aí conheci o José, me apaixonei, casei-me, e não cheguei a lecionar. Passei a vida cuidando da casa para que nada faltasse em conforto a ele e aos meus três filhos. E não me arrependo de ter casado, fui muito feliz. Só me arrependo de ter aceitado as traições, de não ter, naquela época, batido o pé e exigido respeito.

Sim, ela reconhecia sua parcela de responsabilidade por ter deixado o barco correr solto sem mostrar o quanto se sentia magoada. Os repetidos atrasos do companheiro foram relevados. Pequenas distrações e desculpas foram aceitas sem discussão. Cumpriu fielmente seu papel de mãe e esposa. Surpreendeu-se quando dois de seus três filhos se separaram e questionou-se: "Onde foi que eu errei?". Afinal, tinham sido criados com seu próprio exemplo de amor à família e abnegação. Recebeu a notícia da separação de Maria Clara com menos dor. Tinha começado a entender que o fim do casamento da neta devia ter lá seus motivos.

Mais uma vez, Julieta, incontrolável na sua participação e opiniões, interrompeu a mediação.

— Mãe, chega a ser bonitinho, uma prova de quanto vocês se gostam, que você, aos oitenta anos, sinta ciúmes do companheiro de uma vida inteira, pai de seus filhos, avô de seus netos e bisavô de seus bisnetos. E se eu estivesse no lugar do papai, me sentiria lisonjeada.

— Não há nada de bonito ou lisonjeiro, Julieta. Um dia você vai entender.

Não precisei pedir que a filha saísse, e me refreei de falar a ela o que eu pensava. Sua mãe, com uma única fala, colocara ordem na sala.

Ciúmes geram dor e sofrimento, e nada têm de bonito. Não era coisa de agora, mas sim uma dor de toda uma vida de sentimentos represados, nunca falados, jamais discutidos. Ciúmes originados pelo conhecimento de fatos que foram se repetindo, se acumulando, e que, em nome dos costumes e do que se esperava de um jovem casal da primeira metade do século passado, foram varridos para debaixo do tapete. Os motivos agora afloravam sem os filtros de antigamente, que perdem a força com o passar dos anos. E não havia nada que Julieta nem ninguém pudesse fazer. O tempo não volta atrás.

A mediação caminhava para seu final. O que fora exposto por Aurélia, com a anuência de José, era suficiente para deixar claro que eu estava diante de duas pessoas em sua plena capacidade decisória, determinadas a dar um passo importante já na reta final de suas vidas.

Sim, os tempos são outros, havia concluído a senhorinha. E, constatadas as mudanças, ela estava decidida, aos quase oitenta anos de idade, a se reinventar e a ser feliz. Era hora de parar de brigar por ciúmes, o que, a essa altura, não ia mesmo levar a nada. Resolvera deixar de sofrer. Tentara, em vão, falar o que pensava, conversar, e ouvir também o que seu companheiro da vida toda tinha a dizer. Não tinha dado certo, quando um não quer, dois não conversam — e não discutem, também. Lamentava que tivesse sido assim, mas reconhecia os muitos lindos momentos que tinham vivido juntos e era grata por eles. Entendia que ele, assim como ela, devia ter seus arrependimentos pelo que fez ou deixou de fazer.

O contrato de divórcio foi elaborado de acordo com as instruções do ex-casal, e assinado de forma solene, com algumas lágrimas e muita emoção, e Julieta, aparentemente mais calma, fez questão que seu nome fosse incluído como testemunha, e de assinar o documento.

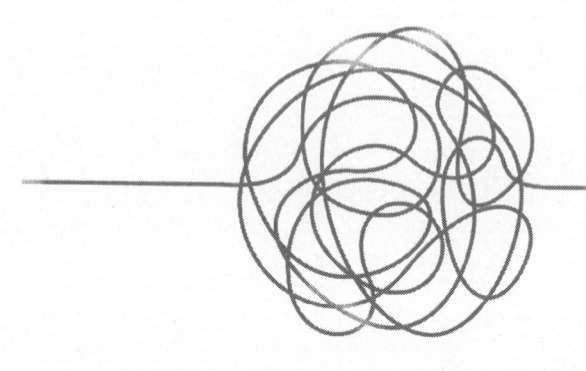

Estragos e ensinamentos da pandemia

— Nunca atrasei um único pagamento, mas não tenho de onde tirar o dinheiro.

A covid fazia seus estragos, e eu havia apresentado em um grupo de estudos, que ficou gravado e foi parar no YouTube, um PowerPoint cujo título era "Reflexões sobre a covid-19 e as relações contratuais — hora de parar para sentar e conversar". Nele eu mencionava as figuras de "caso fortuito" e "força maior", previstos em lei, que dizem respeito a um "fato necessário" (não determinado pela parte), superveniente e inevitável, "cujos efeitos não são possíveis evitar ou prevenir". E lançava as perguntas: a pandemia da covid-19 se enquadra nesses conceitos? Era permitido rescindir, pedir revisão, ou desistir do contrato? Era possível não o cumprir sem que as penalidades previstas fossem aplicadas?

Estávamos vivendo uma situação de caos, com um aumento absurdo do número de notificações, pedidos de liminares e de ações ajuizadas nos plantões. O momento, como o subtítulo do meu trabalho bem dizia, era de parar, sentar e conversar para renegociar os contratos, o que era a única forma de evitar uma inadimplência em cadeia. O judiciário, já tradicionalmente abarrotado, não teria condições de absorver tantas novas demandas. Ao final da apresentação, eu sugeria a mediação de conflitos como uma alternativa a uma briga judicial, e me colocava à disposição para esclarecer quaisquer dúvidas sobre o assunto.

Foram muitas as mediações que se originaram das consultas de pessoas com dificuldade de honrar contratos assumidos antes que a pandemia viesse para desmoronar planos e sonhos, trazendo sofrimento e desemprego a reboque. A situação que eu passo a relatar, e que ocorreu de forma extrajudicial e on-line, foi uma delas.

Sr. Almir e Sr. Menezes, respectivamente proprietário e inquilino de uma pequena loja no centro da cidade, dividiam a tela do computador à minha frente. Haviam apresentado os fatos e tinham entrado na fase em que as partes passam a conversar sem a intervenção da mediadora.

— Eu entendo o que o senhor está me dizendo, mas eu dependo do aluguel da loja para pagar o aluguel do meu apartamento.

— Se eu fechar meu negócio e lhe entregar a loja, o senhor não vai ter como alugá-la. Quem vai iniciar um negócio impedido de funcionar?

— Não estou pedindo minha loja de volta, só quero que o senhor me pague o que deve.

Vi que não chegaríamos a lugar nenhum e pedi reuniões individuais.

Tentei, em vão, usar a ferramenta do Zoom que permitia colocar um participante na sala de espera enquanto eu conversaria com o outro, mas me atrapalhei, e o inquilino da loja foi, sem que eu quisesse, removido da reunião. Logo entrou de novo.

Pedindo desculpas tive que admitir minha inexperiência no uso do Zoom.

— Por favor, saia da reunião e eu lhe chamo por celular quando for para o senhor voltar — pedi a ele.

Hoje fico sem graça de contar que isso aconteceu, mas era tudo muito novo para todos nós, e o uso da tecnologia, que hoje domino facilmente, ainda era para mim um bicho de sete cabeças.

Finalmente a sós na tela do computador, eu pude conversar com o Sr. Almir, proprietário da loja alugada ao Sr. Menezes, que se confessou apavorado com o que vinha acontecendo. De seis lojas próprias alugadas, quatro já tinham sido devolvidas, e agora ele se via prestes a receber mais uma por falta de pagamento. Por sorte, ele tinha um dinheiro aplicado para emergências e, diferente do que havia dito para pressionar seu inquilino, não morava de aluguel. Estava arrependido de ter mentido porque, no desenrolar da reunião, ele percebera que o Sr. Menezes estava realmente em dificuldades financeiras e não tinha como honrar seu compromisso. Disse a mim que estaria disposto a dar uns meses de carência para não perder o inquilino, mas precisava de uma saída honrosa, já que havia mentido sobre necessitar imediatamente do dinheiro para não ser despejado do seu apartamento.

Pedi que o Sr. Almir se retirasse e mandei mensagem pelo celular (!!!) para que o Sr. Menezes acessasse o Zoom.

Conversamos bastante.

Fiquei sabendo que, por conta da pandemia, sua mulher havia começado a cozinhar marmitas que ele entregava na vizinhança ("mas escondido, ninguém pode saber, já que a gente nem pode sair de casa"), e que ele esperava conseguir pagar as demais contas com esse dinheirinho. Quanto ao aluguel da loja, seu grande problema, não dava mesmo para honrar o pagamento enquanto ele não pudesse voltar a trabalhar no seu negócio de conserto de aparelhos eletrônicos.

— E se vocês negociassem uma carência no aluguel?

— Eu vim para a reunião disposto a pedir isso, uns seis meses de carência, mas fiquei com vergonha quando o proprietário disse que está sendo despejado do apartamento que ele aluga...

— Quem sabe ele consegue uma carência também no aluguel que paga?

Fugi, naquele momento, do meu papel de mediadora que não opina, não dá sugestões e, sobretudo, não conta meias-verdades. Mas, graças a essa intervenção, foi possível marcar uma nova reunião em que foi dito ao Sr. Menezes que o Sr. Almir tinha conseguido um período de carência no aluguel do imóvel em que residia e, consequentemente, poderia dar uma trégua na cobrança do aluguel da loja. Era a tal saída honrosa de que precisava para manter o inquilino com quem, em uma conversa cara a cara, tinha simpatizado. E, de quebra, ficava livre do possível risco de ter o contrato rescindido sem receber a multa em função do tal "caso fortuito" ou "força maior".

Para formalizar o que ficara acertado, escrevi o texto do acordo no chat e, com a anuência de ambos, gravei sua leitura em voz alta usando a câmera do Zoom. Os documentos de identidade foram apresentados nas telas junto com o "de acordo" falado e escrito no chat, servindo como assinatura.

Pareciam aliviados quando eu encerrei a gravação e dei meus parabéns a ambos, e só não apertaram as mãos pela total impossibilidade de fazê-lo.

Foi um final feliz num período maluco em que não se podia trabalhar, e em que a inadimplência vinha numa cascata devastadora, arrastando pessoas bem-intencionadas.

Rezei mais uma vez para que tudo se normalizasse o mais rápido possível.

    Foi um caso vivido num tempo insano em que pessoas, como a mulher do Sr. Menezes, tiveram que se reinventar e criar um negócio, e eu, para conseguir continuar a mediar, precisei aprender na marra a usar o Zoom que, até então, era para mim uma ferramenta complicadíssima de manejar.

    Foi um tempo duro de muito sofrimento, mas também de improviso, criatividade e ensinamentos.

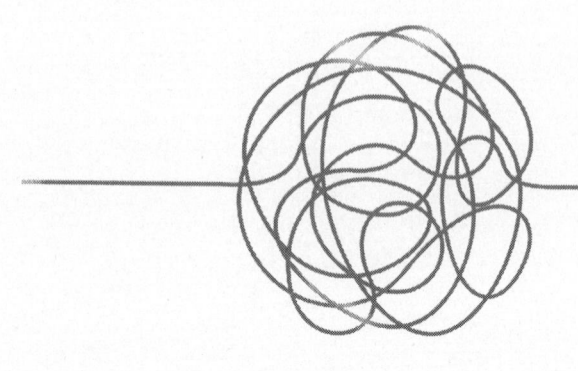

Noventa anos

Sentado à minha frente, ladeado por seus filhos e advogados, estava Sr. Arthur, um senhor elegante e simpático que me fitava desconfiado com olhos de um azul tão claro e transparente que me davam a sensação de que eu poderia enxergar seu cérebro através deles.
— Quantos anos você acha que eu tenho?
Detesto essa pergunta. Sou péssima para avaliar idades e morro de medo de errar para cima, deixando meu interlocutor decepcionado. Chutei para baixo.
— Oitenta?
— Noventa e dois! Completados em maio deste ano.
Não precisei fingir surpresa. O elogio veio espontaneamente.
— Parabéns! O senhor me enganou, e por mais de uma década. Está muitíssimo bem!
Foi a deixa para o Sr. Arthur desandar a falar, antes mesmo que eu apresentasse às partes e aos advogados, como de praxe, as regras e o funcionamento da mediação que estávamos prestes a iniciar.
— Desde que completei noventa anos, estou tendo que driblar filhos (e netos!) que insistem em mandar em mim. Já são dois anos de monitoramento que começou com uma cuidadora (que eles chamam de empregada) que insiste em tirar minha pressão três vezes por dia e anda atrás de mim com um copo de água dizendo que é

importante eu me hidratar. Isso porque não é ela que tem que se levantar para ir ao banheiro a todo momento, consequência de tanta hidratação. Aturo a cuidadora, copos e mais copos de água, alimentação saudável, fisioterapia regularmente, cerveja sem álcool (tempos modernos!) e um copo de vinho apenas nos fins de semana. Até aí tudo bem, mas, além disso, querem me proibir de dirigir.

Parou e esperou pela minha reação ou comentário. Me abstive de um e de outro, pedi apenas que continuasse.

— O que é um homem sem a liberdade de ir e vir? Meu bisneto, que nem barba tem, teve a audácia de querer me ensinar a chamar um Uber. Celular pra mim é só para conversar. Também não quero ter que ir para o ponto de táxi andando, me afastando a pé do meu carro estacionado na garagem.

— Pai, nós te oferecemos contratar um motorista particular...

— Não quero motorista particular. Gosto eu mesmo de dirigir.

Olhou novamente para mim, esperando um indício de solidariedade e apoio ao seu pleito de independência. Mantive-me impávida, então ele me sorriu, piscou um olho e continuou.

— Um dia me rebelei. Falei alto e fiz valer minhas prerrogativas de patriarca. Não vou abdicar da minha liberdade de ir e vir dirigindo meu carro. Invoquei a constituição. Quem eles pensam que são? Cidadãos acima da lei?

— Com a idade, a gente vai perdendo a prática, pai. Não é seguro...

— Justamente para não perder a prática passei a sair todo dia de carro. Três voltas em torno da lagoa, margeando os bairros do Jardim Botânico, Ipanema e Leblon. Três vezes o percurso que meus netos fazem correndo na ciclovia. Não é muito, mas o suficiente para eu manter minha direção em forma. Depois de arranhar o carro duas vezes saindo da garagem, passei a pedir para o porteiro manobrar. Uma semana de saídas diárias depois, encontrei meu carro, como num passe de mágica, de frente para a porta da garagem, pronto para sair. O porteiro se tornou meu cúmplice. Ele me entende melhor que todos os meus filhos, netos e bisnetos juntos.

— Pai, não diga isso...
— Dirijo devagar. Foi-se o tempo que eu precisava mostrar para mim e para os outros o ás no volante que já fui um dia. Talvez ande devagar demais, mas não posso me arriscar a bater o carro e dar a chance desses dois aí provarem que estavam certos. Até porque não estão! Às vezes tomo um farol alto ou uma buzinada de que eu abstraio, evitando olhar pelo retrovisor e colocando o rádio nas alturas.

— Pai, você não enxerga o absurdo dessa história? Não se trata só de você. Estamos falando das consequências de você causar um acidente envolvendo terceiros!

Sr. Arthur continuou como se não fosse com ele.

— Numa tarde de sol, resolvi arriscar uma distância mais longa e ir até a Barra da Tijuca. Me senti muito bem, até mesmo dentro do túnel, apesar das faroladas dos carros piscando atrás de mim, das mãos para fora da janela e dos gestos pouco educados daqueles que me ultrapassavam. Já no meio do caminho, percebi que havia esquecido de ligar minhas próprias luzes, que não fizeram falta alguma, já que o túnel é muito bem iluminado. Cheguei a acelerar na autoestrada. Não tive coragem de tirar os olhos da via para olhar o velocímetro, mas acho que cheguei aos 60 km/h! Talvez 70 km/h!

Sr. Arthur estava empolgado só de contar sua aventura. Era uma forma de revivê-la. Como ele fez uma pausa mais longa, achei que tivesse terminado e já ia pedir para ouvir seus filhos, quando fui atropelada (no sentido figurado, ufa!) pelo nonagenário.

— Ainda não acabei. Agora é que vem a melhor parte! Com a adrenalina a mil, avistei um McDonald's. Senti que merecia um Big Mac e uma Coca, e batatas fritas para completar o dia de glória. Cheguei a ouvir em pensamento as palavras da cuidadora dizendo que tanta gordura ia me matar, mas uma buzina forte e o som de freada à minha direita abafou qualquer hipotética recriminação. Acenei um pedido de desculpas. Lamentei a fechada involuntária, mas se eu não tivesse dado uma guinada brusca, eu teria perdido a entrada do drive-thru da lanchonete.

Os filhos se entreolharam, surpresos. Era certo que ouviam a história pela primeira vez.

— Cheguei à cabine, onde uma atendente simpática aguardava o meu pedido. Procurei a maçaneta para abrir o vidro, quando me lembrei que ela tinha sido substituída nesses carros modernos por um botão. Achei o botão. Abri minha janela. "Qual o tamanho do refrigerante?", ela perguntou. Embatuquei. Pedi um médio, porque no meio caminha a virtude. Fiquei na dúvida se pedia a batata frita. Talvez devesse ficar só no sanduíche, que já era um suficiente desaforo à saúde. Ouvi uma buzina atrás de mim. Olhei pelo retrovisor. Uma mulher tão impaciente quanto bonita fez um gesto me apressando. Desisti da batata frita. Ouvi outra buzinada. Olhei mais uma vez pelo retrovisor e a jovem seguia gesticulando para que eu movesse o carro.

Fiquei um bocado chateado. Não entendo essa garotada apressada até para comprar sanduíche. Sou do tempo em que gentileza era uma virtude, educação, uma necessidade, e paciência para com os mais velhos era esperada e apreciada. Resolvi mostrar à bela como se comportar, e nada melhor do que um bom exemplo.

A história era boa, Sr. Arthur prendia nossa atenção com a sua fluência e empolgação. Não pude deixar de pensar que, se ele dirigisse tão bem como contava histórias, então estaríamos perdendo tempo ali.

— Avancei com o carro até a cabine do pagamento e disse à atendente que pagaria meu lanche e o da jovem no carro de trás. Quando chegou a sua vez de pagar, olhei pelo retrovisor. A moça, surpresa com a notícia, me sorriu. Juntou as mãos num gesto de prece, que deduzi ser uma "muito obrigada", e novamente me sorriu. Seguiu sorrindo e agradecendo. Era realmente linda. No local de recolher os pedidos, entreguei ambos os recibos, o meu e o dela. Mais uma vez olhei pelo retrovisor. A jovem me soprou um beijo e, àquela altura, já teria aprendido que um gesto de gentileza desarma qualquer grosseria. Vale mais do que mil armas. Mais que um exército inteiro. Estava grata e provavelmente envergonhada, e achei que ela nunca mais demonstraria impaciência para com os mais velhos. Mas eu estava enganado. Meu lanche chegou e foi colocado no banco ao lado. Ainda não tinha começado a andar e o carro atrás já estava colado ao meu. Olhei uma última vez pelo retrovisor para a bela que dava um tchau impaciente, como que me mandando embora. Quase pude ler seus pensamentos: "Já pegou o seu lanche, agora se manda que é a minha vez". Sou difícil de me irritar, mas aquilo me chateou de vez. Respirei fundo e, com toda calma, pedi à atendente o segundo lanche pago por mim. Quando me foi entregue eu o coloquei lado a lado com o meu e fechei rapidamente o vidro da janela, bem a tempo de abafar os gritos da jovem no carro de trás.

Sr. Arthur fez uma pausa e sorriu para nós. Sabia ser cativante e tinha consciência disso. Seguiu falando.

— Me abstive de olhar pelo retrovisor. Preferi ficar com a imagem na cabeça da bela moça agradecida e sorridente. Tampouco olhei para o lado quando ela emparelhou seu carro com o meu buzinando e (deduzo, já que fiz questão de não olhar) proferindo impropérios e gesticulando. Você acha que eu fiz mal? — Sua pergunta era dirigida a mim.

— Não, acho que o senhor deu a ela uma bela lição.

— Tem gente que não aprende por bem e minha paciência tem limites. Olhei para os lanches no banco do carona e decidi convidar a chata da minha cuidadora para dividi-los comigo. Era muita comida e ela, certamente surpresa com tanta gentileza do patrão, não iria reclamar de eu estar comendo "esse tipo de comida que só faz mal". Foi o que aconteceu, e ainda dividimos a batata frita da moça. Devia ter pedido uma. Devia, também, ter comprado um terceiro lanche para o meu porteiro dublê de manobrista. Vou ficar devendo. Arrumei dois cúmplices de ocasião!

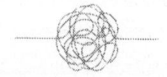

Ao longo da mediação, ouvi os filhos do Sr. Arthur, e os advogados de ambos. Mirei no que havia de comum em seus pleitos, busquei consenso, mas não consegui que chegassem a um denominador comum e firmassem um acordo. Sr. Arthur não renunciaria ao seu prazer de dirigir, e seus filhos estavam determinados a não permitir que ele continuasse a colocar sua vida e a de outras pessoas em risco.

    Decepcionada e com a sensação de impotência que me acomete quando isso acontece, desejei-lhes boa sorte, apertei as mãos de todos, ganhei um beijo e um abraço apertado do senhor encantador, e torci intimamente para que o pedido de interdição parcial e a nomeação de um curador fossem indeferidos, o que dependeria de um laudo médico atestando a incapacidade do nonagenário de cuidar de seus próprios interesses, e de uma determinação do juiz.

    Era a única coisa que me cabia fazer. Torcer para que tudo acabasse bem, sem acidentes físicos e sem, sobretudo, aquelas trombadas na alma que podem vir a tirar as poucas alegrias de viver quando se tem noventa e dois anos de idade.

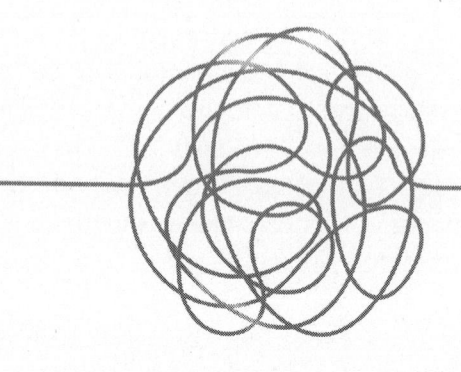

Em nome do pai e da filha

Me parte o coração mediações que envolvem crianças, sobretudo aquelas que se sentem abandonadas e têm que apelar à justiça para ter o seu direito de serem amadas — ou ao menos visitadas — pelos seus pais.

A mediação que me aguardava era uma dessas. A avó, em nome da criança, pedia uma convivência regular com o pai. Pleiteava o direito da menina de vê-lo periodicamente, com data marcada por um juiz. Se não fosse assim, o pai não apareceria para visitá-la.

Ao chegar para a reunião, ignorante do que me aguardava, vislumbrei, esperando na sala de espera comum do CEJUSC, uma menina, lado a lado com uma mulher. Liam juntas, descontraídas. O braço da mulher pousava no colo da menina, que segurava o livro, e as cabeças, encostadas, se voltavam para a página, ambas absortas com a história.

Passei por todos que esperavam serem chamados para suas respectivas mediações, dei um bom-dia geral, respondido por alguns — as duas estavam distraídas demais para sequer me ouvir —, entrei na minha sala e chequei a agenda.

Voltei à sala de espera e chamei as partes pelos nomes.

Dois pares de olhos desgrudaram do livro e me fitaram. Levantaram-se e vieram até mim acompanhadas de sua advogada. De um canto distante da sala, levantou-se

um rapaz que veio, também acompanhado de seu advogado, caminhando devagar em nossa direção.
— Papai, você veio! — A menina sorria feliz com a surpresa.
O rapaz abaixou-se para abraçar a garota, evitando olhar para a mulher. Perguntei, dirigindo-me à menina, como era seu nome. Então, pedi que ela, Sofia, nos aguardasse um pouquinho mais na sala de espera.
— O que você está lendo? — perguntei. Ela me mostrou a capa do livro, que exibia o título de um personagem que era uma banana.
— Bom?
— Hilário!
Achei o termo engraçado vindo de uma criança, pedi para ela esperar e mostrei a porta da minha sala.
— Se você precisar de algo, pode bater e entrar. — Fiz um gesto para o segurança, discreto no seu canto, para que não tirasse os olhos da menina, e lá fui eu dar início à mediação judicial.

O processo corria na justiça ajuizado pela avó por insistência de Sofia, que morria de saudades do pai. A avó tinha adiado ao máximo atender aos pedidos da neta e evitava falar no assunto, até que houve a intervenção da diretora da escola, que percebera uma queda no rendimento escolar da menina, fora a fundo na pesquisa do motivo e fizera contato com a responsável por Sofia. A garota sentia saudades dos pais.

Sofia era órfã de mãe. A avó, à minha frente, criava a neta e, no que dependesse dela, o pai estaria dispensado de aparecer.

— Nunca foi pai presente, nem quando minha filha era viva. Não vai ser agora que vai mudar.

— Não se trata disso, Dona Alda. É o pai da menina, ela sente falta dele, e é saudável para a sua neta conviver com o pai. Não só saudável como necessário.

— Nunca o impedi de visitá-la. Gastei o dedo no celular mandando mensagem porque minha neta pedia. Já cansei de esperar, com a garota pronta, ele aparecer para levá-la para sair, e ele não dar as caras nem ligar depois com uma explicação qualquer. Cada "bolo" desses dói no meu coração. E mais ainda no dela. É melhor mesmo que a Sofia não espere nada dele do que tenha novas decepções.

Ouvi o pai de Sofia, que confirmou a história. Trabalhava muito, nos fins de semana o pouco tempo que tinha era dedicado à nova mulher e ao filho bebê. Entendia que fazia sua parte depositando, na conta bancária aberta para as despesas da filha, o equivalente a um quarto do seu salário. Dona Alda dava conta do recado e quanto mais ele aparecesse, mais Sofia esperaria por ele. Um ir e vir sem fim. Morava longe, tinha outra família, achava melhor cortar o convívio de vez.

— É isso mesmo, doutora. Não falta nada à minha neta e depois de tanto o Arnaldo deixar a Sofia esperando por ele, achei melhor que ele não viesse de vez.

Pedi reuniões individuais. Queria entender como a situação havia chegado ao ponto de pai e avó acharem melhor, para o bem de Sofia, que ela fosse afastada do pai.

Minha primeira conversa foi com Arnaldo.

— Minha ex-sogra é um cão travestido de gente. Pode ser boa para a menina, mas sempre foi uma cobra comigo. Não gostava de mim e foi contra o casamento. Não quero ter que olhar a cara dela toda semana, ou sempre que tiver que tocar a campainha para visitar a Sofia. Destratou minha atual mulher, não quer que minha filha conheça o meio-irmão, e eu já tenho meus muitos problemas para resolver. Não vou ficar me dividindo. Minha filha está bem-cuidada pela avó. Minha mulher morreu, e eu tenho direito de recomeçar minha vida e ser feliz novamente. Passado é passado, quero olhar pra frente...

— Você tem obrigações legais para com sua filha, e não apenas financeiras. Vamos resolver entre nós a melhor forma de vocês conviverem, e quero contar com a sua garantia de que o que ficar decidido será cumprido. Sua filha está crescendo, o tempo não volta atrás, e você não vai gostar de, lá na frente, olhar para ela como quem olha para uma desconhecida. Aproveite essa chance que está tendo de organizar essa convivência e descobrir a linda garota que sua filha é.

Arnaldo saiu e Dona Alda entrou. Cruzaram-se sem se olhar. Ouvi o que ela tinha a dizer, sem que nada importante tivesse sido acrescentado ao já dito.

Era a minha vez de dar a ela um choque de realidade. Deixei claro, sem mesmo buscar enfeitar as palavras, que a menina tinha pai, que a lei exigia que convivessem já que nada impedia esse convívio, e que se um juiz entendesse que a avó da menina criava empecilhos para tal, poderia arbitrar que Sofia fosse viver com o pai.

— Eu não crio dificuldade... Ele é que some e não aparece...

— É melhor que ele apareça para o bem de todos, e sobretudo para o bem da sua neta. Vocês têm a chance de criar uma agenda em que caibam todos. Se não o fizerem, um convívio será determinado por um juiz, e pode não agradar a nenhum de vocês.

— Eu morro se me tirarem a minha neta. Já perdi minha filha...

— Ninguém vai tirar sua neta da senhora. Vamos agarrar essa chance de resolver o que é melhor para todos. Vou chamar o Arnaldo e vamos conhecer a rotina e disponibilidades da Sofia e de vocês. Para começar, quais são os horários das aulas dela?

Enquanto eu falava, me dirigia à porta que foi aberta.

De onde eu estava, pude ver Sofia sentada ao lado do pai, que segurava seu celular e mostrava algo à menina. Tinha um braço sobre os ombros de Sofia e, com a outra mão, segurava o aparelho. Sofia passava o dedo sobre a tela e sorria. Fiquei parada olhando a cena. Dona Alda, vinda por trás, aproximou-se de mim. Afastei-me para que ela visse o mesmo que eu.

Sofia levantou os olhos e nos viu. Tirou o celular da mão de seu pai e veio correndo até a avó.

— Olhe, vovó, que lindo! Esse é o Pedro, o meu irmão! Papai disse que vai me levar para eu conhecer ele!

— Quando? — Dona Alda respondeu num fiapo de voz.

— Vamos resolver isso agora e escolher um bom dia para a visita — me apressei em falar. — Sofia, espere só mais um pouquinho, que já, já a gente te chama!

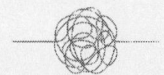

Foram necessários outros dois encontros para que tudo fosse acertado e o contrato de convivência fosse redigido.

Ao longo da mediação, ficou claro que Sofia não sofria de desamor por parte do pai, mas sim de excesso de zelo de uma avó sofrida com a perda da filha única, e que criara um escudo protetor em volta da única neta, afastando quem quer que fosse, até mesmo o pai da menina, o qual, fragilizado pela viuvez precoce, não teve forças para lutar. Somado a isso, uma nova mulher, um filho pequeno, uma rotina estafante...

Decidiram que Arnaldo buscaria a filha na escola de forma a não ter que tocar a campainha "do cão travestido de gente", agora transmutado em um ser amoroso e assustado ante a possibilidade de perder o convívio diário com a neta.

Dona Alda passou a fazer um esforço sobre-humano para encontrar o equilíbrio na nova trindade pai/avó/neta, e para absorver a nova personagem — "a mulher que vai criar minha neta", como se referiu à Lucia, mulher de Arnaldo, em meio a um pranto incontido e inconsolável entre soluços.

Pedi que Sofia não comparecesse às reuniões seguintes, que foram marcadas durante o horário escolar.

Conversei por videochamada com Lucia, e conheci, através da tela, Pedro, que mamava no peito da mãe. Ela foi receptiva quanto a receber Sofia um fim de semana por mês pelos próximos seis meses. Um novo acordo seria discutido a partir dali.

Não vi mais Sofia, nem na data da assinatura do acordo, mas soube por Dona Alda que ela estava feliz. Ela tinha conhecido Pedro e ganhado do pai uma mala de rodinhas para transportar suas roupas e livros sempre que fosse passar o fim de semana em sua casa. E acrescentou, piscando um olho e sorrindo, que havia sido convidada para tomar um café com Lucia na semana seguinte. Afinal, ela era a avó da filha do Arnaldo, e era quem criava a menina.

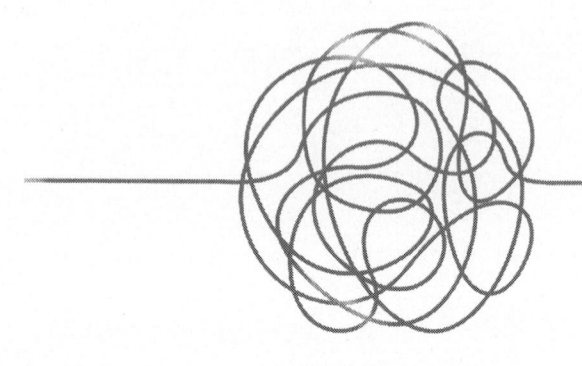

Joãos e Josés

Nenhuma mediação é igual a outra, mas essa era definitivamente diferente de tudo que eu já havia presenciado. Uma batida de carro sem grandes consequências ou prejuízos levara a um bate-boca com xingamentos e impropérios, e à frase que transformara a briga num caso de polícia e num processo judicial.

— Você é um macaco cego e de má-fé!

O bate-boca virou corpo a corpo e a turma do "deixa disso" teve que segurar ambos para que não se machucassem seriamente. Haviam saído ilesos da batida de carro, seria uma ironia que se arrebentassem numa briga por causa dela.

A lei que pune ofensas racistas é muito clara, e o ofendido havia feito um boletim de ocorrência acompanhado por testemunhas, mas o ofensor parecia não entender muito bem sua situação delicada perante a lei. Ambos vinham assistidos por seus advogados, belicosos como as partes, e eu torcia, pelo bem do ofensor, para que chegássemos a um acordo respaldado por um belo pedido de desculpas.

Olhei para ambos à minha frente. Se não fossem eles mesmos a contar a história, eu não teria acreditado. Sem apresentações, eu não saberia qual dos dois era o réu no processo, e se eu tivesse que apostar meu dinheirinho apontando ofensor e ofendido pelo termo racista, eu não

entraria no jogo. Impossível dizer. Eram parecidos nas feições e no tom da pele, e até no jeito de falar e se vestir. Bem poderiam ser irmãos e, após terem contado suas versões do fato, e enquanto eu divagava pensando no absurdo da situação, eles voltavam a bater boca bem na minha frente.
— Não sou moleque, e não aturo desaforo.
— O desaforado é você, que me chamou de macaco.
— E você me chamou de filho da puta.
— Eu não sou macaco.
— E minha mãe não é puta.
— Chega! — intervi. — Me falem da batida de carro. Como foi que aconteceu?

Ouvi de um e de outro exatamente a mesma história, sem uma única vírgula de divergência. O ofensor vinha na via preferencial e por isso não chegou a diminuir a velocidade e não verificou se estava vindo outro veículo quando, já no cruzamento, ouviu um barulho de freada e, com o susto, por puro reflexo, deu uma guinada com o carro a tempo de evitar uma colisão direta, perpendicular, a qual, sem a virada brusca, certamente teria outras consequências além de dois carros amassados. O ofendido admitia sua distração e o desconhecimento de estar circulando sem a preferência, mas fazia questão de deixar claro que o que estava em discussão ali não era o acidente automobilístico, como eu bem deveria saber.

Pedi reuniões individuais. Precisava confirmar minha intuição.

José foi o primeiro a falar. Estava possesso com a situação. Lamentava ter usado o termo "macaco", mas não entendia por que isso era a questão a ser discutida. Por causa do, em suas palavras, "imbecil, desatento e cego de má-fé" ele ia ter que dar entrada no seguro, pagar uma

franquia monstra, sem nem contar com a falta que o automóvel, parado na oficina, já fazia.
— Você se considera uma pessoa racista? — perguntei.
— Claro que não.
— Por que usou esse termo, "macaco"?
— O cara me xingava, mexia os braços pra cima e pra baixo, parecia um chipanzé. Chamou minha mãe de puta. Acordou o diabo que a gente tem dentro da gente. Abriu uma brecha pra eu falar besteira. A ideia não era chamar de preto, até porque ele e eu...

O advogado que o acompanhava, que até aquele momento se mantivera mudo, interferiu.
— Minha linha de defesa é que na frase "macaco cego e de má-fé" a ofensa não é "macaco". É o que vem depois. E, além do mais, meu cliente é negro.
— Vocês não acham melhor tentar acertar isso com um acordo, evitando uma briga dura e desagradável? José está sendo acusado de racismo, e o doutor bem sabe onde isso pode levar. E me parece que a intenção dele não foi essa.

Não responderam. Insisti.
— José, você estaria disposto a formalizar um pedido de desculpas, esclarecendo que houve um mal-entendido?
— E a senhora acha que ele vai retirar a queixa? É ruim, hein?! E essa história de xingar a minha mãe, isso não conta?
— Conta, mas menos. É justamente isso que preciso que o senhor entenda: injúria envolvendo racismo...
— É possível que desistam do processo caso meu cliente peça desculpas? — fui interrompida pelo advogado.
— Convém tentarmos, não é verdade?

Dispensei José e seu advogado, e recebi João e seu patrono. Conversamos. João não se sentira ofendido, mas fora convencido a prestar queixa-crime contra José, afinal, o assunto era sério. Agora, em vez de estar trabalhando para pagar o prejuízo com o carro, estava ali perdendo tempo, em troca de quê? Ver o sujeito condenado e preso ia mudar alguma coisa? Admitia sua distração, a culpa da batida tinha sido dele, se pudesse voltar no tempo, teria feito tudo diferente...

 João, com os cotovelos apoiados na mesa e segurando com as mãos a cabeça, não parecia em nada o sujeito arrogante de alguns minutos atrás. Trabalhava distante de casa e usava o carro como Uber a caminho, na volta do trabalho e nas horas vagas para ganhar um extra. Não tinha seguro. Dirigia há mais de quinze anos sem nunca ter batido. Como aquilo fora acontecer logo com ele? Sua maior sorte é que o José não fizera o boletim de ocorrência, porque se ele tivesse que pagar o conserto dos dois carros...

 — Você aceitaria um pedido de desculpas do José para acabar com tudo isso?

 — Ele não vai pedir desculpas — adiantou-se seu advogado. — E, além do mais, racismo é crime e ele tem que pagar pelo que disse.

 — Sim, é crime, e tem que ser punido. Mas, ao que parece, e podemos checar, não houve intenção. Neste caso, se desculpas forem pedidas, e aceitas, podemos encerrar o processo.

 — E fica por isso mesmo? — O advogado se comportava como se fosse ele o ofendido.

 — Se seu cliente preferir assim...

 Eu já estava atrasada para a próxima mediação, mas preferi não arriscar marcar nova reunião para uma nova data. Intuí que as partes preferiam acabar logo com aquilo, enquanto seus advogados, treinados para brigar por seus clientes, acreditavam ter bons argumentos para seguir em frente. No que dependesse deles, o processo voltava para a vara de origem para ser julgado pelo juiz, e João e José não teriam outra chance de se pronunciarem.

Pedi licença e, enquanto José voltava para a sala, eu corri até a secretaria e pedi um substituto para a próxima mediação.

A conversa foi rápida — até mais rápida do que eu imaginei que seria. Quando voltei da secretaria, eles já dialogavam. A tensão tinha diminuído e trocavam informações sobre os carros. José tinha seguro contra terceiros, João não tinha seguro nenhum. Conversavam sobre a possibilidade de um assumir a franquia do outro, e o seguro do que não tinha culpa pagaria o conserto do culpado; apesar de eu não entender do assunto, esse arranjo me pareceu errado. Mas esse era um outro problema, que não me dizia respeito, e me limitei a pedir que checassem junto à seguradora se o acerto entre eles estava dentro das normas do seguro contratado.

Interromperam a conversa e trocaram um olhar de cumplicidade.

Redigi o acordo no qual desculpas eram pedidas e aceitas, que foi assinado por todos, felicitei-os pela decisão e desejei, enquanto apertava mãos, boa sorte aos quatro.

Me despedi dos rapazes, tão semelhantes em todos os aspectos, e de seus advogados, que compartilhavam a mesma combatividade. Não pude deixar de ouvir o diálogo que seguiu, pontuado por risadas:

— Só faltou você dizer pra doutora que minha mãe não é puta.
— Porra, nem conheço a tua mãe...

Caminhei em direção à secretaria, esperançosa de ainda conseguir realizar a próxima mediação. Torci para que fosse um caso menos desgastante; enfrentar duas mediações como essa, uma após a outra, era algo que eu definitivamente não conseguiria suportar.

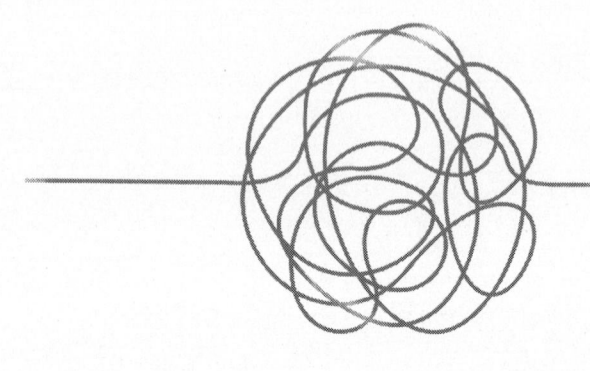

Atire a primeira pedra

Atire a primeira pedra quem nunca assinou sem ler um contrato com uma operadora de celular, ou com um provedor de internet, com uma concessionária de água e luz, do seguro do carro, ou que nunca tenha tomado um remédio sem ter lido a bula do início ao fim.

Certo, deveríamos ler tudo direitinho, mas não é o que normalmente acontece, e só nos damos conta da responsabilidade da contratação de um serviço, ou da utilização de um produto, qualquer que seja ele, quando algo dá errado.

Eu estava diante de Dona Arminda, e do preposto do banco onde a senhora tinha conta. Dona Arminda estava sendo cobrada por um valor gasto em seu cartão de crédito referente a uma compra que ela jurava não ter feito. O advogado do banco alegava que a compra havia sido paga mediante apresentação do cartão, ou seja, presencialmente, tendo a senha sido digitada pelo comprador e que, portanto, o banco não se responsabilizaria pelo ressarcimento da despesa não reconhecida. Dona Arminda, por sua vez, garantia não ter emprestado o cartão para ninguém e agitava, ora para mim, ora para o preposto e para o advogado do banco, um contrato de um seguro de proteção do cartão de crédito que, segundo ela, a gerente de sua conta lhe havia "empurrado" — em suas próprias palavras — para que, em caso de roubo ou uso indevido deste, o adquirente do seguro, no caso, ela mesma, seria reembolsado dos prejuízos decorrentes.

— Sou descontada todo mês diretamente na minha conta do valor do seguro e, na hora em que eu preciso, o banco não assume a responsabilidade que lhe cabe. Isso não vai ficar assim!

Expliquei a ela que a mediação não contempla análise de contratos ou documentos. O mediador não julga e, portanto, não se utiliza de provas ou da letra da lei. Desde que esta seja observada, as partes podem fazer o acordo que acharem conveniente para ambos. Deixei claro que o objetivo da mediação era chegar a um valor e a uma forma de parcelamento que possibilitasse a quitação da dívida contraída para que o processo fosse extinto. A mim cabia ter a certeza de que os envolvidos tinham pleno conhecimento do que estavam acordando, e aos advogados cabia garantir que estava tudo sendo feito dentro da lei. Portanto, Dona Arminda não conseguiria nada agitando o contrato para que eu o lesse, até mesmo porque, segundo o advogado do banco, o seguro contratado se eximia de pagar prejuízos advindos de compras presenciais com o uso correto da senha.

— Nunca entreguei meu cartão para ninguém. Muito menos com a senha.

— A senhora tem certeza de que não esteve nos estabelecimentos onde as compras foram feitas?

— Nunca, nunquinha.

— São todos próximos à sua residência.

— Não fiz compras nesses lugares.

O preposto abanava a cabeça. Representava o banco, convicto de que o procedimento não ia dar em nada. Com raras exceções, era sempre a mesma coisa: o juiz encaminhava o processo para que se tentasse um acordo; ele, preposto, não tinha autonomia para decidir nada; o advogado cumpria seu papel de comparecer à audiência e, no final, o processo voltava ao juiz para ser julgado. Raríssimas eram as vezes em que se chegava a um valor a ser pago, e ele tinha certeza, pelo andar da carruagem, que aquela não seria uma delas.

Eu já encerrava a mediação lamentando que a senhorinha tivesse que passar por toda aquela chateação, quando, num sobressalto acompanhado de um "ahhh", Dona Arminda se lembrou de algo, fazendo com que nos entreolhássemos.

— Só pode ter sido a Lina!
— Quem é a Lina?
— Minha funcionária. Precisei de uma compra de urgência, emprestei o cartão e dei a senha. Ela me devolveu o cartão no mesmo dia, acompanhado da nota de compra, e isso foi há muito tempo!
— E ela tem acesso ao cartão?
— Não, claro que não. O cartão não sai da minha carteira, que fica dentro da minha bolsa.
— E sua bolsa fica disponível?
— Sim, quando estou em casa, mas a Lina é de total confiança. Duvido que ela tenha mexido nas minhas coisas. Emprestei o cartão apenas essa vez e tem mais de ano. Se fosse para ela me roubar, já teria feito antes.

O advogado do banco tomava notas, que não poderiam ser usadas no processo, uma vez que a mediação é confidencial. Fiz questão de lembrá-lo disso.

Dona Arminda, nervosa, olhava para o seu advogado que, pego de surpresa pela informação, lhe devolvia o olhar com uma expressão medonha. Dona Arminda acabava de jogar a pá de cal numa situação já difícil por si só, e a partir de agora, com chances "zero" de acabar bem para ela.

O banco não se responsabilizaria, claro. O contrato do seguro do cartão "empurrado" pela gerente não contemplava uso do mesmo por terceiros que tinham a senha. Lina, a funcionária de confiança de Dona Arminda, teria chances de se explicar e, quem sabe, nem fora ela a usar o cartão, mas isso era uma outra história que não me dizia respeito e não tinha lugar ali.

Lamentei o ocorrido. Consolei como pude Dona Arminda, que tinha um abacaxi em forma de dívida a descascar pela frente. Ela não estava nada convencida da sua responsabilidade, afinal, tinha contratado um seguro contra mau uso do cartão, e a seguradora teria que honrá-lo. Recusou-se veementemente a negociar sua dívida com o preposto e o jurídico do banco, que consultava a cada cinco minutos seu relógio sem nem mesmo buscar disfarçar sua impaciência.

Enquanto eu a encaminhava à saída, me compadeci de todos nós que assinamos e concordamos com tantas formalidades em frases longas e letras miúdas sem lermos direito o documento e sem termos, muitas vezes, informação de como o mundo funciona.

Se a vida burocrática é complicada para mim, que dirá para a Dona Arminda!

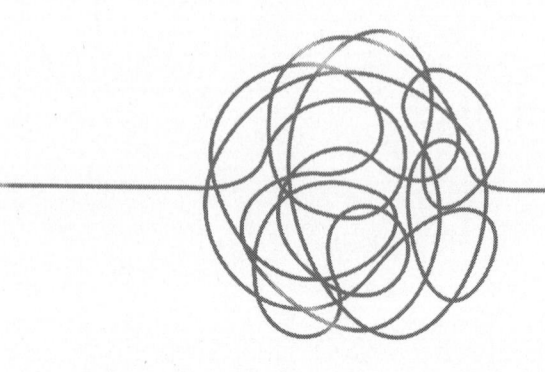

Vamos alinhar as expectativas

Chegaram a mim sem me dar muitas informações, ambos na faixa dos setenta anos, elegantes em sua simplicidade despojada de vestir. Um casal idoso moderno, ágil, antenado.

— Como souberam do meu trabalho?
— Pelo seu site na internet — ela disse.
— Por amigos em comum — ele atropelou.

Ela o olhou descontente. Preferi não perguntar quem eram os amigos em comum, se é que existiam.

Quando pela primeira vez me ligaram, estavam lado a lado, com o celular no viva-voz. Já haviam pesquisado o procedimento da mediação e seu funcionamento, e não foi necessário fazer a pré-mediação, aquele primeiro contato no qual eu explicava o processo. Sabiam tudo que precisavam saber. Já nessa primeira conversa, falamos dos meus honorários e marcamos uma hora conveniente a todos para nosso primeiro encontro. Deixaram claro que não se tratava de um litígio e, portanto, dispensavam advogados.

— Uma conversa para alinharmos expectativas — ela explicou.

Mandei por e-mail a minuta do contrato, que voltou no mesmo dia assinada sem qualquer alteração, e os recebi para nossa primeira reunião.

— Boa tarde e bem-vindos! — Ofereci água, um suco ou uma xícara de café. Aceitaram a água e o café.

Aproveitei para explicar as regras da conversa que vinha a seguir. Cada um teria a oportunidade de falar sem ser interrompido. Caso lembrassem de algo enquanto escutavam, deveriam, por favor, usar o bloquinho à frente para as anotações. Se fosse necessário, eu pediria reuniões individuais, garantindo que o que fosse conversado não chegaria ao outro, a menos que expressamente autorizado. Finalizei deixando claro que poderiam interromper o procedimento a qualquer momento se não estivessem satisfeitos com o desenrolar dos fatos.

— Vamos começar? — falou Dona Lia, que pediu para ser chamada de Lia.

— Sim. Me conte o que está lhe incomodando.

— Não estou incomodada.

— Desculpe. Por favor, me conte o que os trouxe aqui, os fatos, do seu ponto de vista.

Lia falou por quinze minutos ininterruptamente. Depois foi a vez de Luiz.

As histórias não conflitavam, mas suas expectativas, sim. E isso eles tinham deixado claro desde quando nos falamos por telefone.

Lia fora casada por três vezes e não tinha filhos. Era viúva de seu primeiro marido e ainda hoje sentia falta dele. Muita falta. Achava injusto e não perdoava à sorte o fato de ele ter adoecido menos de cinco anos depois de terem se casado, justo quando planejavam uma família, o que abortara seus melhores planos. Não aceitava que seu grande amor tivesse sofrido tanto ao longo de dois anos com um câncer que começou no pâncreas e se espalhou por outros órgãos.

Contou que um tempo depois, ainda jovem, casou-se com o sujeito que tinha sido seu primeiro namorado, que voltara a entrar em contato com ela quando soube da sua viuvez. Era apaixonado por ela desde sempre e a fez feliz, até que começou a sufocá-la com excesso de carinho e amor, tanto tempo represados. A relação durou quinze anos.

Seu terceiro marido, então casado quando se conheceram, tinha se apaixonado intensamente por ela e havia largado mulher e filhos sem conseguir, no entanto, se desvencilhar psicologicamente da família. O preço pago por ele tinha sido demasiado alto e ele esperava, e exigia, que Lia fizesse valer sua decisão de sair de casa. Lia deixou claro que não lhe devia nada e que, se ele havia deixado a família, não tinha sido por ela, mas sim, por ele mesmo — uma decisão unilateral, sem ao menos consultá-la.

A despeito das mil amigas, das viagens que fazia e dos compromissos que se obrigava a cumprir, sentia falta de uma companhia masculina.

— Nossa vida é vivida através dos olhos de alguém. De que adianta eu fazer coisas de que gosto sem ter o testemunho, a companhia e o reconhecimento de um companheiro?

Uma amiga lhe falara de um site de relacionamentos. Lia tomara coragem, navegara no site, chegara ao Luiz e, depois de muitas trocas de mensagens, resolveram, finalmente, se encontrar. Conversaram, saíram muitas vezes, e viviam bem juntos, até que Luiz começou a quebrar o combinado tácito que funcionava desde o primeiro encontro.

Lia parou de falar, encabulada, e precisei perguntar.

— Qual é o combinado?

— Seríamos companheiros e sairíamos juntos, mas sem relações sexuais.

— E você diz que Luiz não cumpriu a promessa?

— Fomos morar juntos por uma questão de praticidade. Meu apartamento tem três quartos e Luiz vivia do outro lado da cidade. Era justo e prático que ele se mudasse para viver comigo. Nunca pensei que ele fosse começar a se insinuar e querer mais do que havíamos combinado. Tentei conversar. Gosto muito dele. Tenho imenso prazer em sua companhia. Gosto de acordar, fazer o café para tomarmos juntos, planejar meu dia incluindo nos meus planos um momento e um programa com ele, nem que seja assistir à nossa série na TV, ler um livro, ou sair para andar no calçadão. Mas não tenho vontade de transar. Já namorei muito e o tesão passou. Quero paz e companheirismo.

— E você, Luiz, o que tem a me dizer? Gostaria de ouvir a sua versão da história.

— Não há nada a acrescentar, apenas que não dá para viver com esse mulherão sem querer algo mais do que só pegar na mão... e isso é um elogio!

— Deixar pegar na mão foi meu maior erro. Depois disso Luiz achou que éramos namorados e que podia ir mais além. Ele queria companhia, e eu também. Gostava de jantar com ele, beber vinho, ir ao cinema, voltar para casa de braços dados. Um dia, deixei ele pegar na minha mão e ferrou tudo de vez...

— Vivo com ela. Estamos juntos há mais de um ano. Dividimos apartamento e despesas, e não faz sentido que um homem e uma mulher adultos não possam se relacionar.

— O combinado não era esse...

— As coisas vão evoluindo, nada é estático.

Pedi para conversar individualmente com Lia. Queria saber se havia algo que ela gostaria de me dizer sem expor ou magoar o companheiro — algum desconforto ao toque, à aparência, ao olfato... O contrário da atração física é a repulsa, e não há nada que se possa negociar quando ela existe.

— Não tem nada disso. Já disse que tenho prazer de estar com Luiz. Ele é um excelente companheiro. Não falta assunto quando queremos conversar, e ele sabe ficar em silêncio quando o momento pede. Só não gosto quando ele quer mudar o que já estava combinado. Comigo é tudo certinho e estou cansada das rasteiras que venho levando da vida. Nada sai como eu havia planejado.

— Quais foram as rasteiras, Lia? Por favor, me explique.

— Perdi meu primeiro marido, o amor da minha vida. Planejei uma família com ele e, com sua morte, veio um vazio imenso, e combinei comigo mesma que nunca seria mãe. Me casei novamente e achei que pudesse ser feliz. Não fui. De uma hora para outra, meu segundo marido passou a querer ter filhos, quando eu já tinha combinado não os ter. Ele insistia. Dizia que eu seria a melhor mãe do mundo e esse, afinal, é o sonho de toda mulher. Cansei. Não era o que havíamos combinado. Meu terceiro relacionamento foi um caos desde o início. Não chegamos a nos casar. Nos apaixonamos e ele saiu de casa deixando mulher e filhos sem qualquer combinação e sem sequer me consultar. Achou que eu ficaria feliz com a notícia. Não fiquei.

Lia falava e eu anotava. Quando terminou, eu lhe fiz uma única pergunta.

— Você sabe quantas vezes usou a palavra "combinado" ou o verbo "combinar"?

Ela me olhou espantada. Não respondeu.

— Quatro vezes enquanto falava de seus três relacionamentos anteriores ao Luiz. Quanto a ele, insiste na necessidade de alinhar expectativas que dizem respeito a um combinado não cumprido. A mim, parece que sua vida tem se pautado por acordos. E a frustração advém da quebra deles. Faz sentido o que eu digo?

— Faz, claro. Mas acordos existem para serem cumpridos, certo?

— Sim, mas podem sempre ser reavaliados à luz de um novo cenário. Rediscutidos, repensados. E desde que seja da vontade de ambos, podem ser reescritos sob novas bases.

— Não sei se estou preparada para voltar a namorar.

— Ninguém sabe. É algo que se sente, desde que se permita sentir.

Lia não respondeu, apenas sacudiu a cabeça parecendo discordar.

Era a vez de conversar com Luiz, que chegou declarando seu carinho — e, por que não, amor? — por Lia. O relacionamento tinha começado como uma brincadeira. Entrara pela primeira vez no site de relacionamentos com o filho, que insistira para o pai voltar a namorar. Havia trocado mensagens com outras mulheres, mas com Lia foi "amor ao primeiro e-mail".

— Ela escreve bem, é engraçada, leve, ri da vida e de si mesma. Quando me disse que não queria sexo, foi como uma ducha de água fria, mas topei as condições contando que iria conquistá-la aos pouquinhos. Parece que não vai rolar mesmo. Começamos a discutir o assunto, e me dói cogitar deixá-la, mas confesso que tenho pensado nisso ultimamente. Mais de um ano juntos, todos acham que somos um casal. E o pior é que não há uma explicação. Perguntei se ela teve algum trauma em outro relacionamento, e ela garante que não. Diz apenas que combinamos desde o primeiro dia, e que eu sabia das condições. Teimosa. Mais teimosa que um jumento.

O encontro tinha se estendido além do programado e estávamos todos cansados.
Sugeri que marcássemos nova conversa para dali a duas semanas. Até lá, teriam tempo de pensar no que ouviram, e de conversarem. Aceitaram.
Dois dias antes da data marcada, recebi um telefonema de ambos, sempre juntos, falando através do viva-voz. Haviam depositado o valor de dois encontros na minha conta, mas estavam cancelando o segundo. Estavam "saindo".
— Pegando na mão! — E ouvi uma risada.
— E dando beijinho!! — Outra risada.
Pareciam duas crianças felizes fazendo troça de mim.
— Juízo, hein? — brinquei. — Fico feliz que estejam se entendendo. E estou à disposição para encontrá-los na data que está agendada. Estarei aqui, se quiserem conversar.
— Não nos espere. Nós não estaremos na cidade. Luiz reservou uma pousada em Paraty e vamos viajar em lua de mel.
Esperei as risadas, não ouvi nenhuma. Depois de um breve intervalo, escutei a voz da Lia, emocionada.
— E estamos muito felizes.
Desejei a eles tudo de bom e desliguei, também feliz, torcendo para que se entendessem bem e que vivessem, amplamente e sem restrições, essa fase madura da vida com tudo que tinham direito.

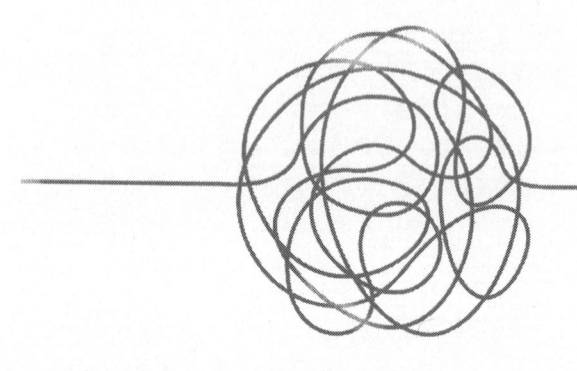

Cavalo de batalha

A mediação era pré-processual e privada, e, por estarmos geograficamente distantes, era online.

Na sala do Zoom, conheci Lena e Marcia, acompanhadas de seu advogado, e o reitor de uma conceituada escola de uma cidade do sul do país, acompanhado de um de seus diretores e de sua advogada.

Éramos sete dividindo a tela e, no momento de apresentar as regras básicas da mediação — não interromper, não gravar, manter os celulares desligados, e compreender que havia a possibilidade de haver reuniões individuais —, aproveitei para relembrar o combinado de falar um de cada vez, sendo que quem não estivesse falando deveria manter seu microfone fechado.

Comecei ouvindo Lena e Marcia, mães de Pedro. Sim, ambas eram as mães, e Pedro não tinha pai conhecido. As duas viviam uma relação estável e, depois de um tempo juntas, recorreram a uma clínica de fertilidade para gerar um filho com gametas de um doador anônimo escolhido a dedo por suas características descritas num catálogo de um banco de sêmen. Através de um procedimento de fertilização in vitro, Marcia teve seus óvulos retirados e fertilizados pelo esperma do doador, e os embriões foram transferidos para o útero de Lena, que gestou e pariu o bebê com o DNA da companheira. Foi a forma que encontraram de participarem, ambas, da maternidade, e sentiam-se bastante confortáveis e tranquilas com a situação. Dividiam-se na tarefa de cuidar de Pedro, então com sete anos, e de educá-lo. Depois de pesquisarem entre as várias escolas disponíveis na cidade em que moravam, haviam decidido matriculá-lo no tradicional colégio representado pelo reitor e pelo seu diretor na tela à minha frente.

Alguns meses antes, para surpresa das mães de Pedro, a escola havia indeferido o pedido de matrícula, alegando não haver vagas disponíveis. Mas, poucos dias após, outras crianças, que até então tinham frequentado uma pré-escolinha com Pedro, foram matriculadas sem qualquer dificuldade.

Depois de muitas idas à escola e trocas de e-mails, ficou claro o real motivo da alegação de falta de vaga: a escola não aceitaria um menino criado por uma família "disfuncional" — termo usado pelo diretor numa reunião com as mães durante uma discussão mais acalorada. Marcia e Lena notificaram a escola formalmente e estavam dispostas a entrar com um mandado de segurança para que Pedro começasse imediatamente a cursar o ano letivo. A mediação era a última oportunidade que a escola tinha de chegarem a um acordo sem que as mães dessem início a um processo judicial.

Era a vez dos representantes da escola se manifestarem, mas preferiram passar a palavra à advogada que os representava, que começou esclarecendo que houvera um mal-entendido durante a reunião do diretor com as mães de Pedro. Segundo seus clientes, o termo "disfuncional" não fora usado e, se fora, não havia sido com o intuito de descrever um mau funcionamento, mas sim uma constituição familiar diferente da dos demais alunos. Alegou que a instituição, por ser privada, era regida pela livre iniciativa, propriedade privada e livre concorrência, e que, sendo assim, seus dirigentes e corpo docente estavam no seu pleno direito de avaliar caso a caso e, eventualmente, declinar o acesso de um ou outro aluno que fugisse ao perfil da instituição. Não era à toa que a escola era reconhecida pelo seu ensino e padrões rígidos. Ela concluiu sugerindo que Pedro se sentiria mais adequado numa das outras excelentes escolas da cidade.

Fiz perguntas às mães, buscando entender a escolha dessa específica escola para seu filho. Fiz questão de ouvir o reitor, e depois o diretor, sem o intermédio de sua advogada.

Algo não estava sendo dito, e eu não conseguia atinar o que era. Pedi reuniões individuais — minha saída quando tudo está por demais confuso.

Diferente do que eu normalmente faria — conversar com as mães juntas —, resolvi chamar uma de cada vez. Pedi para que os demais aguardassem enquanto levava Marcia e seu advogado para um espaço privado do Zoom.

Evito questionar minha intuição, e ela se mostrou acertada. Marcia estava exausta daquela situação. Achava uma insensatez insistir em colocar o filho numa escola que não o queria. Já tinha discutido com Lena, que se mostrava inflexível. Marcia visitara outras duas escolas, uma delas no meio de um parque, que usava a natureza como ferramenta pedagógica, e estava certa de que Pedro se beneficiaria de uma educação mais liberal.

Era a vez de conversar com Lena, que apareceu na tela com olhos e nariz vermelhos. Lena era pura emoção. Destilou a dor e raiva que sentia pelo comportamento dos dirigentes da escola. Quem eram eles para rejeitar seu filho? A lei a apoiava, e ela ia mostrar isso a eles. Teriam que engolir o Pedro e digerir o filho de duas mães. O mundo tinha mudado, e estava na hora das pessoas enxergarem a mudança.

    Aguardamos, seu advogado e eu, em silêncio enquanto Lena chorava um choro incontido e sofrido. Depois, pedi que ela me falasse de sua vida, de sua escola, de como havia sido educada. Lena apenas confirmou o que eu já pressentira. Educada numa escola rígida por pais rigorosos, sofrera o diabo até se aceitar homossexual. Sofreu outro diabo para que seus pais aceitassem sua união com Marcia. Haviam ficado anos sem se falarem, até que, com a chegada do Pedro, a situação começou a mudar.

    — Graças ao meu filho, fiz as pazes com meus pais, e hoje eles aceitam meu casamento, se dão bem com minha companheira e amam o neto.

    — E você espera, através do seu filho, dar lições ao mundo, estou certa?

    Minha pergunta teve o efeito que eu pretendia. Lena voltou a chorar. Tive certeza de que naquele momento ela me odiava, mas era importante que ela entendesse que não seria inteligente, e era até mesmo cruel, fazer do filho um cavalo de batalha.

    Pedi que Lena e seu patrono me aguardassem enquanto eu conversava com o reitor e o diretor da escola, e os transportei para a sala virtual onde Marcia já se encontrava. Marcia saberia acalmar a companheira, e elas precisavam conversar.

    Minha reunião com o trio que representava a escola foi rápida. Sabiam que as suas chances de êxito, caso as mães entrassem com um mandado de segurança na justiça, eram mínimas, e que Pedro acabaria, mais cedo ou mais tarde, fazendo parte do grupo de alunos da escola. Não se importavam com os custos de uma briga judicial, e nem com o resultado desta. O objetivo da instituição que representavam era defender a bandeira dos princípios nos quais acreditava e manter o padrão de educação tradicional oferecida às famílias que buscavam um ensino de excelência e um refúgio em meio a um mundo cada vez mais permissivo e de valores por demais elásticos. Estavam cientes que era apenas uma questão de tempo terem que se adaptar a essa nova realidade de famílias disfuncionais — sim, faziam questão de frisar, o termo era mesmo esse! —, mas lutariam enquanto pudessem.

Voltamos, os sete, para a mesma tela. Lena parecia mais calma e, ainda com o som cortado, conversava com a companheira e com seu advogado.

Agradeci a presença de todos e marcamos a data de um novo encontro para dali a uma semana. A chance de chegarmos a um acordo naquele momento era nula, e se a mediação fosse judicial, eu teria que usar o termo de praxe na ata: "infrutífera". Mas não havia processo, e eu podia apostar que não haveria. Uma sementinha havia sido lançada, a qual eu esperava que germinasse e, parodiando o termo jurídico formal, que desse frutos, em vez de ser "infrutífera".

No breve contato que eu tivera com as mães de Pedro, pude perceber um companheirismo e uma vontade férrea de acertar objetivando a felicidade do filho. Marcia saberia fazer Lena perceber que a sociedade estava mudando, com ou sem o protagonismo de Pedro, e que cabia a elas usufruírem das mudanças aceitando que tudo tem um tempo de maturação.

Torci, com toda força, para que minha intuição viesse a se provar correta.

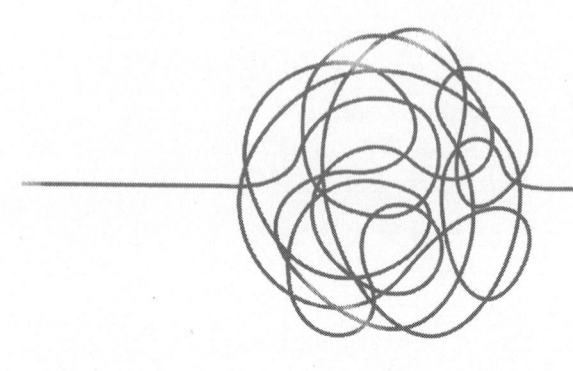

A nova mulher

A mediação era, na verdade, uma conversa entre pai e filhos que se amavam, vivendo uma fase difícil que, muitas vezes, acontece em função da entrada de uma nova personagem no núcleo familiar.

Costumo comparar a família a um móbile, que balança com a brisa ou sacode na tormenta, mas se mantém equilibrado até que um pingente (pessoa) seja removido ou colocado no sistema. Mortes, términos e novos relacionamentos trazem mudanças, e leva um tempo até que os membros do móbile aceitem e reconheçam a nova situação de equilíbrio. Se isso não acontece, todos pendem, tortos, para um lado, e sofrem, cada um do seu jeito.

Sentados ao redor da mesa estavam o pai e seus cinco filhos adultos, todos vestidos de forma elegante e formal. Os genros e noras do patriarca haviam deixado a sala a meu pedido. A conversa era delicada demais para suportar opiniões externas, e eles mesmos haviam admitido que não tinham nada a acrescentar.

A conversa fluía tensa, com todos compartilhando suas versões de um mesmo fato, que, surpreendentemente, não conflitavam. Meu papel era intervir apenas quando necessário, fazendo perguntas que ajudassem todos a se ouvir. Meu objetivo era claro: eles precisavam dialogar entre si.

    Luzia, a mulher que havia entrado na vida do pai, fora apresentada por um dos filhos, como uma solução para aliviar a tristeza de um luto prolongado. Ela chegou de forma discreta, conquistando espaço gradualmente, de início amigável, mas logo demonstrou seu desejo de dominar o ambiente. Com o tempo, suas garras se mostraram, e ficou claro que era ela quem mandava na casa.

    O patriarca aceitava tudo passivamente. Ele, que sempre fora pontual, agora acatava atrasos e ordens sem questionar. Parecia que Luzia fazia isso de propósito — e de fato fazia. Era como um cachorro marcando território.

    Um cabo de guerra se instalou entre os filhos e Luzia, a quem eles chamavam de "monstra", construído de pequenas intrigas, críticas e comentários maldosos que se espalhavam pelo ar como migalhas ao vento, e que eram varridas pelo patriarca para debaixo de um tapete imaginário.

    Quando os filhos perceberam o estrago, já era tarde. A mediação era a última tentativa de resgatar o pai das garras de Luzia, mas não estava indo como planejado. O pai apenas abanava a cabeça com complacência a cada argumento dos filhos, o que aumentava ainda mais a frustração deles. A mais nova, Andreia, era a mais indignada.

    — Vou embora. Cansei de discutir com um pai que parece um adolescente apaixonado. Ele que faça o que quiser da vida.

Pedi calma e respeito. Todos concordavam que o pai, embora envolvido, era lúcido e senhor de suas escolhas, mas não entendiam que as coisas tivessem chegado ao ponto que chegaram, ele aceitando gentilezas forçadas, e até maus-tratos, da mulher que era apresentada aos amigos com orgulho, e que tinha tomado conta da casa, dominado empregados, mudado a rotina e se apropriado da agenda do senhor do lar sem encontrar resistência.

Andreia insistiu:

— Papai, a Luzia é feia, chata, burra, e só você não vê que ela é uma interesseira. Não aceito essa situação, e não vou aceitar nunca. Pode escolher: é ela ou eu.

O irmão mais novo tentou apaziguar:

— Calma, Andreia. Não se trata de escolher entre ela e nós. Podemos nos ajustar. Papai disse que vai a Paris no réveillon com a Luzia e depois nos encontra em Londres.

Andreia desabou em lágrimas, um choro sentido, que nem tentou conter. Coloquei sobre a mesa, em frente a ela, a caixa com lenços de papel que tenho sempre ao alcance nas reuniões de mediação. O pai, com um gesto de carinho, enxugou suas lágrimas e segurou sua mão. Então, falou dirigindo-se aos filhos:

— Agradeço a preocupação de vocês. Estou velho, mas sei o que estou fazendo. Meu primeiro pensamento quando acordo é para a mãe de vocês, e, também, meu último antes de ir dormir. Entre um e outro, preciso me distrair para seguir vivendo e, acreditem, não está sendo fácil. Luzia me ajuda nessa luta diária. Ela pensa que manda em mim e na casa, e não me incomodo. Conheço cada defeito da Luzia, muitos que vocês desconhecem, mas ela é alegre e estou cansado de ficar sozinho. Ela me acompanha, coisa que vocês não podem fazer. Têm suas vidas, trabalhos, famílias, têm as suas obrigações. Não vou escutar adulto que eu criei me chamando de adolescente apaixonado. Não estou apaixonado, mas quero viver o que me resta com uma companhia feminina, e ter meus filhos e netos por perto sempre que puderem.

Tudo havia sido dito. Estava clara a posição do patriarca. Andreia seguia com a sua mão na do pai, e tinha parado de chorar. Esperei o tempo necessário para que digerissem a informação, e então foi minha vez de falar. Dei o exemplo do móbile e a importância de encontrarem um novo equilíbrio. A perda da mãe fora um golpe duro, uma peça fundamental retirada do sistema, e trouxera luto e dor. A nova peça, colocada para substituí-la, estava por demais pesada. O que fazer? Trocá-la? Apará-la, de forma que se adequasse às demais? Dar mais peso às outras peças — cônjuges e filhos? Fiz questão de deixar claro que esse é um equilíbrio difícil de ser obtido, mas que eles saberiam alcançar. Ao longo das reuniões ficara claro que havia entre eles um amor imenso e a vontade de acertar.

Marcamos um novo encontro para discutir o caminho a seguir e redigir um "acordo de gaveta" que ajudasse a nortear a convivência familiar.

Por fim, eu os levei até a sala de espera onde maridos e esposas dos filhos os aguardavam. Andreia, com a cara ainda inchada e de mãos dadas com o pai, foi recebida com um abraço pelo marido que, aliviado depois

de tanta tensão represada, ao perceber o clima leve que reinava entre pai e filhos, saiu-se com uma piadinha.
— E então, quando vai ser o casório?
Ninguém riu. Sua mulher o fuzilou com um olhar medonho, não era o momento de fazer gracinhas.
— Como foi que você adivinhou? — o patriarca sorriu e piscou um olho para mim. — Na próxima reunião vamos discutir data e hora. Hoje decidimos que a lua de mel será em Paris, e que estão todos convidados para a viagem. E, ai da Luzia que ouse achar ruim!
Suspirei, aliviada, pensando no malabarista que habita em cada um de nós. O do velho senhor acabara de se provar um exímio equilibrista!

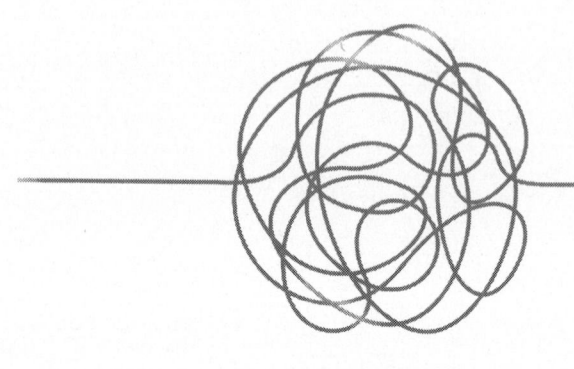

Primeiro dia de viagem

— A esteira seguia rodando e nada da minha mala aparecer. Viajo muito e já aconteceu da minha bagagem ser das últimas a chegar, mas nunca a última. Também nunca aconteceu de todos os meus companheiros de voo já terem deixado o aeroporto, e a esteira parar sem que minha mala tivesse aparecido. Você não tem ideia do que é essa sensação de impotência depois de quase dez horas de voo de São Paulo a Lisboa, cinco horas de conexão e mais quatro horas de voo até Atenas, um dia inteiro de viagem, e estar louca para chegar ao hotel...

— Eu entendo, mas gostaria de lhe explicar como funciona a logística...

— Não interrompa — precisei, eu mesma, interromper o advogado da companhia aérea. — Expliquei a vocês que, para o bom funcionamento da mediação, fala um de cada vez. Por favor, anote seus comentários no papel à sua frente para quando chegar a sua vez de falar.

— Muito obrigada, doutora. — (Me abstive de explicar que não sou doutora, ela já havia recomeçado a falar). — Vocês não têm ideia do que é o balcão de reclamações de um aeroporto na Grécia, parece um bazar persa com gente se acotovelando e um atendente tentando botar ordem na situação. Uma total confusão. E, num ponto mais além, a visão dos clientes buscando malas e mais malas perdidas amontoadas umas sobre as outras não melhora em nada o astral, até porque não vi ninguém sair feliz de lá. Ninguém, mas ninguém mesmo, encontrava o que quer que fosse naquela confusão.

— Desculpe interromper novamente, mas eu preciso deixar claro que o atendimento dos "achados e perdidos" não é feito pela nossa companhia...

— Vou pedir de novo para o senhor esperar a sua vez. Por favor! — E olhei séria para o advogado da companhia aérea.

— Quando chegou a minha vez de falar com o funcionário, seu inglês era péssimo, não entendia o que eu dizia e eu, como é de se esperar, não falo grego. Apontei, numa folha plastificada que me foi apresentada, o desenho de uma mala, a mais parecida com a minha, e quando ele perguntou a cor eu me amaldiçoei por ter comprado uma mala preta sem nenhum detalhe que poderia facilitar a identificação. Preenchi um formulário com meu nome, e-mail e endereço do hotel onde eu ia pernoitar, tentando explicar que eu dormiria lá só uma noite porque no dia seguinte embarcaria num cruzeiro pelas ilhas gregas e não podia ir sem a minha mala.

"O olhar do funcionário me garantia que ele não estava entendendo nada. Chamou outro funcionário que também mal falava inglês. Como pode?! Num aeroporto aonde chegam os turistas ao país! Em que outro lugar no mundo se fala grego?! Perguntei ao atendente a que horas chegava o próximo voo proveniente de Lisboa, minha mala poderia estar nele. O rapaz entendeu a pergunta, mas não sabia a resposta e chamou um outro funcionário que também não tinha a informação, mandou que eu fosse perguntar no balcão da companhia aérea (da sua companhia aérea), e chamou o próximo da fila, dando unilateralmente por encerrado o meu atendimento."

— Eu entendo o seu aborrecimento... — tentou, sem sucesso, contemporizar o preposto da companhia aérea.

— Não, o senhor não entende. Não tem a menor ideia do que eu passei. Meu marido, coitado, tentava me acalmar repetindo que minha mala viria no voo de Lisboa que chegava no dia seguinte e que tudo ia acabar bem, mas não foi o que aconteceu. Uma única manhã em Atenas antes de embarcar no navio, e nós, lá, desconsolados, outra vez no aeroporto.

— Eu realmente lamento...

— Ainda não acabei, quero que o senhor saiba que depois de outra espera interminável com o coração aos pulos a cada mala preta que aparecia na esteira, lá fui eu enfrentar uma nova fila para ser atendida por outro funcionário grego, com um inglês também precário, que me levou até o tal cercadinho de malas extraviadas. Nada. A minha não estava lá. O barco para o cruzeiro dos sonhos partiria em cinco horas. Quando meu marido tentou me convencer a ir a um shopping comprar o necessário para levar no navio, eu quase voei em cima dele. Como assim?! E o tempo que passei escolhendo com cuidado o que levar? Roupas, maquiagem, chinelinhos, uma sandália bonita comprada especialmente para a viagem... Eu teria menos tempo para me enfiar num táxi e ir até um shopping numa cidade desconhecida, com letreiros de letras estranhas, numa língua incompreensível, para comprar o que precisava, do que eu tinha levado fazendo minha mala em casa. O senhor sabe o que eu fiz? Claro que não sabe. Me sentei numa cadeira do Starbucks do aeroporto, pedi um café e chorei. Chorei que me acabei. Por culpa da bagunça da sua companhia, que conseguiu perder minha mala (a minha e a do meu marido) numa mísera conexão. Sabe quanto tempo levou para ela aparecer? Duas semanas! Em Lisboa! E eu já no Brasil, de volta da viagem! A mediação era judicial e ordenada pelo juiz do caso. O preposto da companhia aérea cumpria sua obrigação de estar ali, e só. O advogado da companhia sabia que era apenas mais uma etapa do processo e uma obrigação a ser cumprida em dez, quinze minutos, no máximo. Mas a outra parte, uma mulher eloquente e cada vez mais aborrecida à medida que relembrava os fatos, não parava de falar.

Mediação é um procedimento que funciona maravilhosamente bem quando existe uma relação entre as partes que será continuada através de seus desdobramentos. É necessário que os envolvidos possam tomar decisões e construir um acordo que venha a extinguir o processo. Não é o caso de um preposto da companhia aérea que, por mais que a represente, não tem competência para negociar os valores de reparação exigidos pela parte lesada, com raríssimas exceções. Eu sabia que estava mediando um dos muitos casos dificilmente resolvíveis pela mediação, tais como batidas de carro, mercadorias entregues com defeito ou de qualidade inferior à anunciada, serviços prestados por concessionárias... uma infinidade de processos que acabam voltando para que sejam julgados pelo juiz, de acordo com a letra da lei. Mas, como a vida é cheia de surpresas, sempre havia a chance de a parte lesada preferir encerrar o caso recebendo o valor oferecido acompanhado do reconhecimento e de um pedido de desculpas. Aquele, estava na cara, não seria um deles. E era a vez do advogado, finalmente, falar pela companhia.

Pediu desculpas. Lamentou o ocorrido. Fez uma breve explanação da logística das conexões e da quantidade de procedimentos e pessoas envolvidas no processo. Havia falhas, e reiterava o pedido de desculpas. Tinha em mãos os recibos das compras efetuadas pelo casal para repor os itens extraviados que montavam a tal valor, convertidos em reais pelo câmbio do dia da compra, que seria reembolsado até o valor máximo permitido pela companhia, junto a um valor-base oferecido como reparação pelos transtornos sofridos.

A mim não competia avaliar documentos e muito menos os cálculos apresentados, mas eles estavam ali, escancarados, fiz as contas mentalmente e o valor oferecido me pareceu irrisório.

— Podemos falar em particular? — a pergunta partiu da mulher elegante e já mais calma à minha frente.

Pedi ao preposto e ao advogado da companhia que se retirassem. Prometi que seria breve. Ambos consultaram seus relógios e, sem muita alternativa, saíram da sala. Ficamos frente a frente nós três — medianda, sua advogada e eu.

— Vou aceitar — ela disse.

— Não faça isso, você pode conseguir muito mais em juízo — atalhou sua advogada. — Você tem as notas, vamos lutar pelo reembolso do valor integral das despesas, e por um valor justo pelo reconhecimento do perrengue que você passou.

— Eles já reconheceram o erro. Não têm autorização para ir além. O processo volta para o juiz e isso não termina nunca. E querem saber o fim da história, que eu não contei para aqueles dois? Nada melhor para clarear a cabeça do que tomar um café em companhia de uma alma compreensiva, paciente e solidária (meu marido, que funciona como ninguém nos momentos de crise), e chorar um pouco. Eu estava na Grécia, prestes a embarcar num cruzeiro pelas ilhas mais lindas, o dia estava radiante, e eu tinha duas opções: ficar sentada no aeroporto esperando minha bagagem chegar num voo depois do outro, ou entrar no tal navio com a roupa do corpo, mais um biquíni, um chapéu, uma sandália, uma camisa e uma bermuda — isso dava tempo de comprar — e aproveitar a viagem. Ele me fez ver o absurdo que seria não optar pela segunda, claro! Ali mesmo, na farmácia do aeroporto, comprei protetor solar e maquiagem simples, escova e pasta de dentes, pente e xampu. Na loja do hotel, paguei o preço de um rim em cinco peças básicas, contando (e rezando!) com o reembolso integral da companhia aérea, que acabei de desistir de tentar receber. Enfiei tudo numa malinha, também comprada, e me dirigi ao Pireu, o porto a dez quilômetros de Atenas, que já era usado como ancoradouro setecentos anos antes de Cristo (a Grécia é pura história!) e embarquei leve, de alma e de bagagem, no navio que me levou para uma das melhores viagens da minha vida. Nossas malas, com tudo dentro, apareceram duas semanas depois em Lisboa. Por onde andaram, acho que eu nunca vou saber. Nada me fez muita falta. Vamos acabar com isso. Dessa viagem, só quero as boas recordações.

 Chamados de volta à sala, preposto e advogado não se incomodaram de aguardar o tempo que fosse necessário para o acordo ser redigido por mim e assinado por todos. Assim como eu, estavam surpresos com o desfecho da história. E não tinham como saber que eu, além de estar surpresa, havia aprendido uma lição — mais uma — como mediadora. A lição de como encarar a vida com leveza e clareza depois de um choro necessário e reparador. A lição de que sofrer e se chatear fazem parte dos infortúnios, mas que, passado o primeiro susto, a forma de encarar o que aconteceu, e as decisões tomadas a seguir, é que farão toda diferença e irão determinar como seguiremos nessa nossa viagem que se chama vida.

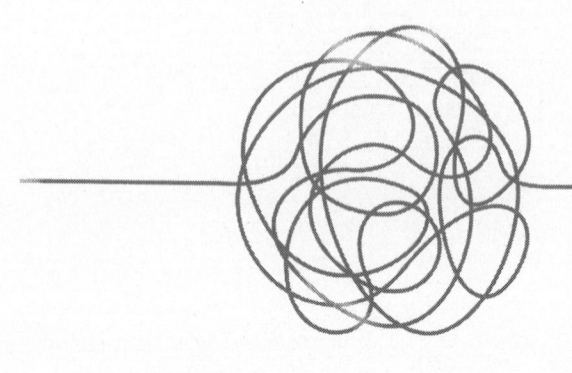

Pré-mediação

Existem basicamente três formas de iniciarmos a pré-mediação — aquele primeiro contato, sem compromisso, no qual eu explico como funciona o procedimento e busco convencer pessoas em conflito de que mais vale conversar para costurar um acordo do que enfrentar uma briga judicial.

A primeira, e mais comum, é quando ambas as partes já se falaram e estão interessadas em se informar sobre o processo.

A segunda, também comum, é quando uma parte me procura e eu entro em contato com a outra, me apresento em seu nome, e marcamos uma hora conveniente para conversarmos.

A terceira, mais complicada, é quando sou procurada por aquele que não consegue acesso à outra parte que, ressentida e magoada, não quer ouvir falar no assunto e, de cara, me diz não ter interesse no procedimento. Volto a quem me procurou para explicar que a mediação é voluntária e que não há nada que eu possa fazer se a outra parte não quiser participar, desejo boa sorte e torço para que, tendo deixado meu contato, mudem de ideia e me procurem. Poucas vezes isso acontece, mas, a vida é cheia de surpresas, e já fui surpreendida algumas vezes, como no caso que passo a relatar.

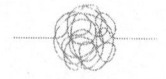

"Boa tarde!

Meu nome é Eunice Maciel, sou mediadora de conflitos e estou entrando em contato a pedido do seu filho, Miguel. Gostaria de saber qual é a melhor hora para nos falarmos por telefone. Não tomarei mais do que uns poucos minutos do seu tempo e desde já agradeço sua atenção."

Digitei e mandei a mensagem de praxe, acima, e aguardei a resposta. Nada. Mandei nova mensagem no dia seguinte, mas ainda nada. Liguei direto, minha última tentativa, já que teriam como identificar o número e atender ou não. Já estava prestes a explicar para o Miguel que minhas tentativas de contato haviam falhado quando recebi um WhatsApp de um número desconhecido.

"Boa tarde! Sou Candido, o pai do Miguel. Você ligou para o telefone da mãe dele, que não quer ouvir falar no filho. Podemos conversar só nós?"

Marcamos uma hora para nos falarmos ao celular e saí moída dessa primeira conversa.

Depois de anos de comunicação interrompida, Candido gostaria de voltar a se entender com o filho, mas, entre eles, havia uma esposa/mãe que decidira enterrar e chorar, como se enterra e chora um morto, seu filho vivo. O homem, admitindo sentir-se impotente e alquebrado, não ousava tomar qualquer iniciativa sem o conhecimento da mulher, com o argumento de que a mataria de dor se ela descobrisse sua "traição". Mas, agora, esse aceno de paz, depois de tanto tempo, por parte do filho, reacendia sua esperança de voltarem a se falar.

Sugeri mediar a conversa entre pai e filho, o que ele rejeitou. Nunca passaria por cima do combinado com sua mulher.

Pedi autorização para dizer a Miguel que estávamos finalmente em contato — sem mencionar os detalhes, claro! — e Candido ficou de buscar convencer sua esposa a me escutar.

Mais de uma semana se passou antes que eu mandasse nova mensagem para Candido. Como não obtive resposta, precisei admitir para Miguel que minha intermediação havia falhado, relembrando que a mediação é voluntária. Desejei tudo de melhor, do fundo do meu coração, e me coloquei à disposição para conversarmos no futuro, caso seus pais viessem a se sentir preparados.

Alguns dias depois meu celular tocou. No visor, "Contato informado por Miguel". Atendi imediatamente e ouvi uma voz feminina que se apresentou como Gloria e, antes que eu falasse qualquer coisa, exigiu, num tom ríspido, que eu deixasse o marido e sua família em paz.

— Você não sabe o que está fazendo, tocando numa ferida que conseguimos, a custo, cicatrizar. Sabe o que vai acontecer? Vai fazer com que meu marido e eu revivamos uma dor que ficou no passado e, a custo, conseguimos superar. Você acha justo? Entende o que é a dor de uma mãe que perdeu um filho?

Deixei-a falar, torcendo para que não desligasse, como acontece tantas vezes depois desse tipo de desabafo. Se ela se mantivesse na linha, talvez eu tivesse a chance de me expressar. Quando terminou, eu ainda fiquei um tempo em silêncio, tempo necessário para que ela se recompusesse.

— Alô! Alô? Você ouviu o que eu falei?

— Ouvi, sim, Dona Gloria, e sou solidária da sua dor. Não consigo imaginar o que a senhora deve ter passado e sofrido para tomar essa decisão de não mais querer ver ou falar com seu filho. Entrei em contato consigo a pedido do Miguel, sem ter ideia do motivo da briga, porque é assim que a mediação funciona.

— Então você não sabe o que ele fez com o pai?

— Não sei e peço que a senhora não me conte, porque, nesse caso, a mediação ficaria prejudicada.

— E como você acha que vai ajudar sem saber o que aconteceu?

— Saberei tudo quando vocês me contarem, na presença uns dos outros. Minha primeira ligação foi para convidá-la para participar da mediação e para explicar como ela funciona.

— Pode explicar, estou ouvindo.

— Agradeço sua atenção e lhe pergunto se seu marido está por perto, de forma que possamos conversar juntos...

— Candido não sabe que eu liguei.

— Certo. Depois de me ouvir, a senhora vai avaliar a conveniência de participar do procedimento. Se achar interessante, converse com seu marido e vocês decidem juntos se vamos seguir em frente.

Respirei fundo. Estava diante da minha única chance de convencê-la. Seu contato fora motivado pela raiva da minha intromissão na sua vida e para que eu sumisse definitivamente, mas a curiosidade — e, quem sabe, a esperança — a mantivera na linha comigo.

— Em primeiro lugar, a mediação é confidencial e voluntária; ninguém pode ser obrigado a participar. Ela pode ser interrompida a qualquer momento. A decisão de iniciar ou não o processo está em suas mãos. Seu filho me

procurou querendo conversar com vocês. Não sei do que se trata, apenas que vocês se desentenderam no passado...
— Ele roubou o próprio pai...
— Nesse momento, eu prefiro não ouvir nada. Meu papel como mediadora é facilitar o diálogo entre vocês. Ouviremos juntos o que vocês têm a dizer ao Miguel e ele falará o que acha importante vocês escutarem. O mesmo fato sobre pontos de vista diferentes...
— Roubo é roubo, não tem dois pontos de vista...
— Dona Gloria, meu papel como mediadora não é julgar, ou decidir, ou dar conselhos...
— O que você faz, então?
— Farei perguntas que vocês responderão e, ao responder, se escutarão. Qual foi a última vez que se escutaram?

Dona Gloria não respondeu, mas eu sabia que ela estava na linha e que provavelmente chorava. Fui solidária em sua tristeza. Não insisti para que continuássemos. Não precisava mais usar de artifícios para prender sua atenção, com medo de que desligasse. Já tinha lhe dito o que precisava ser dito. Pedi apenas que pensasse no assunto e que conversasse com seu marido, e que me desse uma notícia sobre sua decisão.

— Não sei se aguento rever o Miguel e passar por isso novamente... mexer na ferida antiga só vai trazer mais sofrimento.

Despedi-me pedindo desculpas por lhe relembrar um passado tão doído, mas afirmando que esta podia ser a oportunidade de voltarem a conversar e, eventualmente, se entenderem. Usando a mesma metáfora que Dona Gloria utilizara, do machucado que evitamos tocar para não sentir dor, terminei nossa conversa garantindo que, por mais duro que fosse, era importante não ignorar o sofrimento que ela dizia existir.

— Se a ferida ainda dói, é porque não está cicatrizada. O melhor a fazer é preparar-se com cuidado para examiná-la, apalpá-la, voltar a abri-la, limpar a secreção, cuidar durante o tempo necessário até que esteja seca, esperar o momento ideal de suturá-la com o maior cuidado, e acompanhar sua efetiva cicatrização. Só então ela realmente deixará de existir. E posso lhe garantir que, com vontade e com cuidado, isso pode ser feito. E, um dia, lá adiante, haverá apenas a cicatriz, que não lhe deixará esquecer o que aconteceu, mas que poderá ser apalpada sem que a senhora sinta dor. Garanto que vale a pena tentar, e conto com sua ajuda nesse processo. E pode contar com a minha!

Desliguei pensando em quão duro seria para ela passar pelo procedimento, mas o perigo de ignorar um ferimento é ele contaminar todo o organismo e acabar com uma vida. Ou duas. Ou três.

.

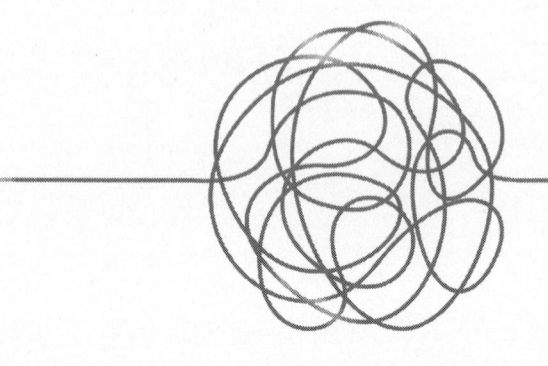

Não consigo me controlar

A mediação era pré-processual, agendada no CEJUSC. Infelizmente ainda são poucas as pessoas que sabem que, independente de haver litígio, é possível agendar uma mediação para construção de documentos envolvendo família, cobranças, dívidas bancárias, conflitos entre vizinhos, e tantos mais desentendimentos que surgem da falta de diálogo no nosso dia a dia.

Sentado à minha frente estava um casal jovem, ambos na faixa dos trinta anos, sem advogados; ela, banhada em lágrimas, e, ele, esforçando-se para não chorar. Tinham vindo se divorciar. Haviam sido casados por quase cinco anos, não tinham bens em comum, nem filhos, e poderiam ter simplesmente comparecido a um cartório acompanhados de seu advogado para registrar seu divórcio, mas, talvez buscando um milagre ou uma reviravolta na trama de sua vida, como acontece nos livros de mistério em que o suspeito não é o culpado, haviam recorrido à mediação. Intuitivamente sentiam que o momento era por demais importante para ser vivido sem alguma formalidade além de uma assinatura num documento, e ansiavam por uma testemunha de sua breve história de casal, e a testemunha era eu.

Entreguei à jovem um lenço de papel para que enxugasse seu rosto, e esperei que se acalmasse. Seu nome era Alice, e não queria se separar. Precisava dar uma explicação a Pablo, mesmo que não houvesse explicação a dar. Se confessava uma fraca, uma louca, por ter jogado a felicidade para o alto, e pedia uma nova chance ao marido.

— Não sei o que acontece comigo. É mais forte do que eu. Fico doida quando entro num lugar e não olham para mim. Provoco. Gosto de ser paquerada. Preciso que digam que eu sou bonita. E o Pablo, parece que não está nem aí pra mim, nunca reclamou dos meus decotes e dos meus biquínis. Eu uso mesmo, decote grande e biquininho, pra ver se ele me olha, e nada. No começo do namoro ele me elogiava, depois parece que se acostumou.

Alice era de fato bonita e chamaria atenção independente do decote ou do tamanho do biquíni. Ela parecia não entender que o amor que tanto buscava no marido não tinha nada a ver com o sentimento de posse ou com os ciúmes que ele não alimentava.

Pablo ouvia cada palavra enquanto mantinha os olhos fixos na folha à sua frente, onde já constava o nome da mulher com o sobrenome de solteira.

— Cansei de fazer papel de idiota — falou baixinho, como que para si mesmo. Depois, num tom mais alto, me olhando de frente. — Alice paquera meus amigos, na minha cara.

— Já disse que não tem explicação isso que dá em mim... Eu amo você...

— Quem ama não trai.

— Eu não sei o que acontece. É como uma droga, uma tentação, começo paquerando e quando vejo, a brincadeira saiu do controle...

— E você jura que não vai mais acontecer...

— Eu sei! Não nego! É uma palavra ou um jeito de olhar que acorda o meu lado ruim. — Alice recomeçou a chorar. — Doutora, o que é que eu faço para domar essa coisa medonha que vive dentro de mim?

Alice contava comigo para reescrever sua história. Acreditava que eu lhe segredaria uma palavra mágica qualquer que abafasse a necessidade de ser o centro das atenções, de se sentir desejada e paquerada, de usar outros homens para mostrar ao seu marido o quanto era bela já que, garantia, ultimamente ele não parecia notar. Colocava a culpa numa força maior, malévola, incontrolável, recusando-se a admitir que sua luta não era contra um monstro mau que habitava suas entranhas, mas sim contra uma insegurança que clamava por atenção.

Não cabia a mim interceder por ela. Pablo estava decidido a colocar um ponto final no casamento, e ela mesma admitia que havia tentado, em vão, mudar.

Separaram-se de papel e de fato bem ali na minha frente. Abraçaram-se com força, as palavras substituídas por lágrimas, por um longo tempo que não ousei interromper.

Alice apoiou a cabeça no peito de Pablo por um segundo antes que ele a afastasse com carinho. Era hora de saírem. Abri a porta e apertei suas mãos. Desejei-lhes boa sorte, eu, também, com lágrimas nos olhos.

Não havia nada mais que os unisse — nenhum bem, filhos ou sobrenome. Restava apenas em cada um a lembrança de um amor vivido com tamanha força que eles, algum dia, com muita alegria e esperança, haviam jurado ser para sempre. O que acontecera depois, só eles mesmos sabiam. Ou melhor, nem eles mesmos sabiam.

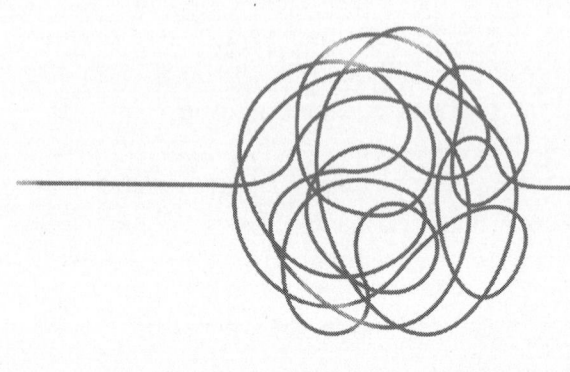

Pai ou chefe?

É natural que, numa família, o pai dirija sua atenção ao filho mais fraco e cuide para que ele cresça, se fortaleça, e esteja preparado para o mundo.

É também sabido que, numa organização, o mais forte é idolatrado e preparado para ocupar, quando for o momento, o lugar que lhe caberá como chefe.

Isso posto, é de se esperar que, em uma empresa onde o chefe é pai de funcionários que disputam a liderança, haja um conflito de interesses. O pai intuitivamente protege o fraco, enquanto o chefe propositalmente prioriza o mais bem preparado. O pai busca impedir que o filho se envolva em operações arriscadas, enquanto o chefe aceita que seus subordinados enfrentem situações que os submetam a um elevado grau de stress.

Eu atuava como comediadora numa mediação que lidava precisamente com essa dicotomia de papéis.

Até poucos meses atrás, o homem no topo da organização onde dois de seus filhos trabalhavam alternara-se na figura de pai e de comandante, até que surgiu um momento delicado que passou a exigir dele escolher no papel de quem iria se posicionar e agir. Foi nessa hora, quando a decisão não correspondeu às expectativas dos envolvidos, que aconteceu o conflito e surgiu a necessidade de partirem para a mediação.

Ambos, Patrick e Renato, haviam frequentado as melhores escolas e universidades do país e possuíam MBA cursado no exterior. Ambos, por imposição do pai, haviam passado por diversos departamentos da empresa para conhecerem seu funcionamento, enquanto eram observados por ele.

Por mais que tivessem o mesmo pai, a mesma mãe, o mesmo chefe, educação e plano de carreira, não poderiam ser mais diferentes no jeito de lidar com as pessoas e fatos, e de reagir a determinadas situações.

Patrick, o primogênito, era metódico e cauteloso, e cercava-se de uma equipe fiel e de excelência, escolhida por ele, que o assessorava no dia a dia. Suas tomadas de decisão eram pensadas e consistentes, consequentemente mais lentas que as de Renato, um executivo seguro de si e arrojado, possuidor de uma facilidade invejável de fazer amigos e de convencê-los do que quer que fosse.

Enquanto Patrick não dava um passo sem medir as consequências, Renato atuava na linha tênue entre a manipulação e a persuasão de pessoas, e entre o "fato legal" e o "fato comumente praticado", sob os olhos do pai/chefe que aceitava um certo grau de risco, cada vez maior. Ele ouvia com atenção os alertas trazidos por Patrick, que chegavam não apenas na mesa das reuniões do trabalho, mas também, ultimamente e com maior frequência, na mesa de refeições nas reuniões de família, garantindo que tinha controle da situação.

A amizade dos irmãos estremeceu e seu contato na empresa ficou limitado ao estritamente necessário.

A bomba-relógio fazia tic-tac e era uma questão de tempo até que explodisse, e foi o que aconteceu quando veio à tona a relação no mínimo promíscua de Renato com um fundo de investimentos envolvido numa operação de compra de ações com informação, senão privilegiada, obtida de forma pouco ortodoxa.

A situação atingiu em cheio a empresa, enchendo de trabalho não só seu departamento jurídico, mas também um batalhão de advogados de escritórios externos contratados, além de profissionais especializados em gerenciamento de crise.

Existiam duas alternativas para o chefe-pai: admitir total desconhecimento dos fatos e punir pública e exemplarmente o responsável pela aproximação com o fundo, no caso Renato, ou assumir o conhecimento de uma situação moralmente questionável e lutar nos tribunais pela absolvição.

Chefe que pune versus pai que protege.

Foi escolhido o papel de pai protetor com todas as possíveis consequências que viriam a reboque, inclusive o reconhecimento de má-gestão, ou gestão temerária, pela aceitação de uma situação questionável ocorrida sob as suas vistas.

A decisão havia sido tomada, e eu me via diante de um pai alquebrado de filhos brigados, e do empresário que se defendia judicialmente num processo movido pelo Ministério Público, além de ter que se explicar numa CPI instaurada para averiguar os fatos.

A mediação, exitosa, ia para sua quinta e última reunião, e tivera por objetivo chegar ao acordo sobre a saída de Patrick da empresa, e em que bases ela se daria. Ficara decidido que Renato seria mantido na sua função e Patrick deixaria a empresa, levando com ele sua equipe e um valor considerável para fundar o seu próprio negócio, com uma cláusula de *non-compete* de meros doze meses. Nós, mediadores, aguardávamos que as partes, acompanhadas de cinco advogados, lessem e assinassem suas vias do acordo. Enquanto isso eu buscava entender a decisão do empresário, um homem conhecido por sua capacidade, pragmatismo e frieza nos negócios, de despir sua camisa de chefe e vestir a de pai protetor de um filho ferido pelas consequências de suas aventuras arriscadas no mundo corporativo, permanecendo ao seu lado para enfrentarem juntos o que viria pela frente.

A força do pai vencera a frieza do chefe e, ao contrário do que os românticos teriam dado como mais provável acontecer, foi um desfecho que, a mim, surpreendeu.

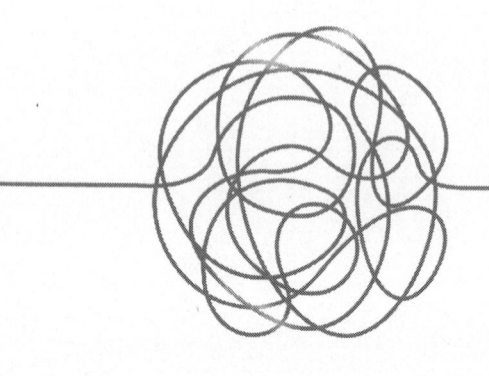

Perdoa-me por me traíres

A primeira vez em que ouvi a frase, "perdoa-me por me traíres", título da peça de Nelson Rodrigues, precisei parar para digerir e entender seu significado. É de se esperar que quem trai é que peça perdão, e não o contrário.

Tempos depois, ouvindo a música "Mil perdões" do Chico Buarque, me deparei com um "eu te perdoo por te trair".

Essas duas frases distintas, num primeiro momento sem sentido e difíceis de serem assimiladas, carregam o mesmo significado que hoje, depois de mediar tantos divórcios, consigo facilmente compreender.

O perdão pedido a quem traiu e o concedido por quem praticou a traição são mais corriqueiros do que imaginamos, e afloram durante as discussões.

Um dia a dia estressante, a preocupação com as contas a vencer, a monotonia do relacionamento, a falta de questionamento aliada à ausência de diálogo, podem levar à situação em que ambas as frases — do Nelson e do Chico — cabem perfeitamente. Mesmo quando não há a traição de verdade — o conhecido triângulo amoroso — o casal pode se sentir traído pela vida, pelos fatos, pela inércia.

O divórcio que me coube mediar e que eu passo a relatar ilustra perfeitamente o exposto acima.

O casal de meia-idade evitava se olhar. Ela, sentida, não conseguia assimilar, e muito menos aceitar o fim do casamento "assim, de uma hora para outra", em suas próprias palavras, repetidas vezes seguidas ao longo da mediação. Ele, por sua vez, estava decidido a pôr um fim numa união que "só ela não percebia que acabou faz tempo".

    Haviam se casado cedo e logo vieram dois filhos, num intervalo de dezesseis meses entre um e outro. De comum acordo, ficou decidido que Laura pararia de trabalhar para cuidar das crianças que, como todas as crianças, um dia cresceram e já não precisavam de uma mãe sempre presente. Quando Laura decidiu voltar a trabalhar, percebeu que não era tão fácil assim. O tempo que havia ficado fora do mercado, a escassez de dinheiro para fazer um curso de reciclagem, o custo de manter uma funcionária para ajudar no trabalho de casa e a divisão de tarefas decidida em conjunto pelo casal, num cenário distinto, mas enraizado pela rotina, adiavam os planos de Laura, que foi se acostumando com uma situação que não conseguia reverter.

— Eu abri mão de tudo para cuidar da casa e das crianças. Você nunca se ofereceu para lavar um prato.

— E eu trabalhei como um corno para colocar comida na mesa, e se não fosse isso, você não teria o que comer e muito menos prato pra lavar.

— Olha como ele fala, doutora!

Havia se criado um vácuo na vida de Laura que Heleno não podia preencher.

Heleno, por sua vez, chegava cansado em casa, ressentido da responsabilidade de ser o provedor de um lar de quatro, frustrado pela impossibilidade de mudar de emprego e mandar o chefe para aquele lugar, sem forças, nem fôlego, e tampouco vontade para fazer algo que não fosse ligar a TV, assistir a um programa qualquer que permitisse esvaziar a cabeça, comer o que quer que Laura tivesse cozinhado para o jantar, e cair na cama para descansar e conseguir enfrentar o dia seguinte, que não seria muito diferente.

Fez-se um vazio em sua vida que Laura também não podia preencher.

Não tinham mais vontade e, mesmo se tivessem, não saberiam como fazer para voltar a se quererem como um dia haviam se querido a ponto de fazerem planos para uma vida inteira juntos.

Os filhos estavam crescidos, com suas próprias vidas, e ocupavam, de tempos em tempos, algum espaço no vácuo da vida dos pais, mas esta não era sua atribuição, muito menos sua responsabilidade.

Quando Heleno se aposentou, os dois vácuos colidiram com a força de uma bomba que arrasou o que restava do relacionamento.

Ficou evidente a falta de diálogo, carinho, vontade de estarem juntos, e, sem qualquer combinação verbal, Laura reassumiu, ressentida, seu papel de organizadora de uma casa novamente ocupada por dois habitantes em tempo integral.

Apesar de tudo, Laura não estava preparada para o que veio a seguir: o pedido de divórcio que chegou às vésperas do seu aniversário de sessenta anos. Por pior que fosse a convivência e o dia a dia a dois, Laura sentiu-se perdida e traída por Heleno. Não, não aceitaria se divorciar depois de ter dedicado sua vida ao lar.

— Ele nega, mas eu tenho certeza de que tem mulher por trás dessa história. Estamos juntos há quarenta anos, e o Heleno nunca falou em separação.

Fez-se silêncio enquanto Laura me fitava, buscando uma palavra ou gesto meu que corroborasse a sua tese. Para ela era impossível, sem que houvesse uma razão concreta, que seu marido quisesse o fim do casamento de tantos anos.

O silêncio foi rompido pelo próprio Heleno. As palavras saíram ríspidas da boca de um homem impaciente.

— Não tem mulher nenhuma, Laura. Só não aguento mais ficar casado. Será que você não consegue enxergar?

Laura não respondeu. Seus olhos repletos de mágoa seguiam buscando em mim uma aliada para sua tese de que casamentos de quarenta anos não acabam a menos que haja um bom motivo.

Como ninguém respondeu, Heleno continuou a falar.

— Não tem outra mulher, mas eu quero que um dia venha a ter. Eu poderia viver um caso, dois, três, dez, até encontrar a mulher ideal, e aí sair de casa, ou não. — Olhou para mim, desafiador. — Ela não quer me dar o divórcio. Quer que eu a traia para depois me culpar.

E, dirigindo-se à sua mulher:

— É isso que você quer, Laura? Quer que eu te traia? Só que eu prefiro ser honesto com você, admitir que o casamento terminou há tempos, que só a gente não enxergou, mas agora está muito claro para mim. Acabou, acabou, acabou... E eu vou ser feliz. Feliz, entendeu? Posso até continuar casado, se você insistir, mas prefiro não ter que te perdoar por eu te trair.

A frase complicada surtiu seu efeito. Nos fez parar para pensar e, justo por ser de difícil compreensão, ajudou a esclarecer, e Laura finalmente entendeu a situação.

Teria sido mais fácil aceitar o fim do casamento se Heleno tivesse se apaixonado por outra. Para Laura, admitir sua parcela de responsabilidade no "the end" era duro. É sempre mais fácil colocar a culpa no outro — ou em outra.

Laura chorou, Heleno também, e marcamos uma data para voltarem e tratarmos dos termos do divórcio. Laura precisava de uma pausa e um tempo para deixar as palavras assentarem, as responsabilidades clarearem, e a semente de uma nova realidade germinar.

Não seria fácil recomeçar, mas seria infinitamente mais difícil seguirem levando adiante uma situação que, mais à frente, culminaria num pedido doído e sofrido de desculpas pela falta de coragem de fechar uma porta antes de abrir outra que levasse a uma nova vida. A melhor forma de evitar o "eu te perdoo por te trair".

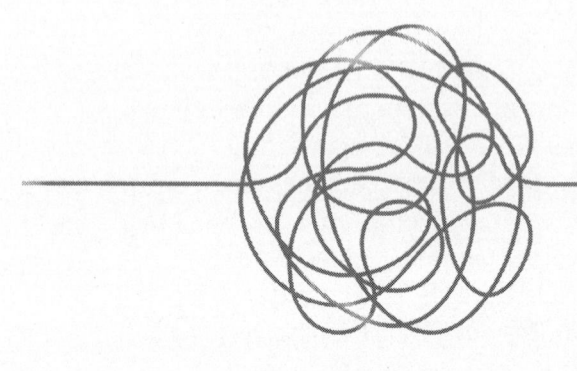

Promessa feita

A jovem chorava enquanto me mostrava a foto de duas crianças na tela de descanso de seu celular. A mediação era judicial e se estendia por mais tempo do que o previsto, mas estávamos naquele ponto de aceitação dos fatos em que a parte entende o que deve ser feito, ainda que lhe seja muito difícil fazer. Era o momento de ouvir, acolher, dar força e coragem para seguir em frente. Era hora de mostrar que a vida nem sempre é justa do nosso ponto de vista, mas o que parece terrível hoje pode se mostrar ser o melhor mais adiante. E esse momento não pode ser interrompido. O tempo da alma nem sempre é o tempo marcado pelo relógio.

A jovem se chamava Maria, e as crianças sorrindo na foto eram seus sobrinhos, uma menina de seis, e um menino de quatro anos.

Ao longo da mediação, fiquei sabendo que sua irmã, mãe dos pequenos, falecera quando o mais novo tinha acabado de completar seu primeiro aniversário, em consequência de um ferimento depois de um acidente envolvendo o ônibus em que ia para o trabalho.

Nos três dias em que permaneceu consciente no hospital, Leila pediu à Maria que cuidasse dos meninos. Tinha certeza de que não resistiria, apesar do prognóstico dos médicos que afirmavam que ela estava se recuperando e logo teria alta.

De fato, no quarto dia, quando Maria foi visitá-la, soube que sua irmã tinha sido transferida para o CTI do hospital. Um coágulo havia se desprendido e chegara ao cérebro, e Leila estava em coma induzido. Os médicos se mostravam menos otimistas.

Na última vez que Maria a vira, Leila já não podia escutar a promessa que sua irmã voltara a reiterar, de que cuidaria de seus filhos com todo amor que lhes tinha, como se fossem seus, e que nunca os deixaria.

— Ela já estava em coma, doutora, mas eu juro que ela me sorriu. Rezamos juntas, eu cá na terra e ela já quase no céu, e eu chorei muito. Foi como uma despedida. Desde então, essas crianças são minhas. Eu saí do meu emprego, porque a patroa precisava de alguém que dormisse no trabalho, e fui para outro em que eu vou para casa todos os dias. Nada falta aos meus anjinhos. E agora o pai quer levar eles embora. Prometi à minha irmã, em nome de Deus, que cuidaria deles, e prometido a gente cumpre, custe o que custar!

Recapitulei com ela o que havíamos conversado na presença de Amâncio, o pai das crianças. Fiz com que ela visse que a promessa havia sido cumprida enquanto fora possível. As leis dos homens têm que ser observadas para que a sociedade funcione. Nenhum juiz permitiria que a tia ficasse com os sobrinhos, por maior que fosse o seu amor e cuidado. Pai é pai. E Deus, acrescentei para acalmá-la, era testemunha de sua dedicação.

— O pai nunca quis saber dos meninos. Já não vivia com a minha irmã quando ela se foi. Nunca pediu pra ficar com as crianças, e eu também não entregaria, só mesmo obrigada. Promessa é promessa. A lei de Deus é mais forte que a lei dos homens...

Respirei fundo. Era comum, depois de tudo acertado, haver esse tipo de recaída.

— Depois do período de transição, você vai ver as crianças sempre que quiser.

— E o que eu vou dizer a eles?

— Exatamente o que ficou combinado. Que o pai deles sente muitas saudades e os quer por perto, e por isso passarão os fins de semana com ele nos próximos dois meses. Depois, ficarão uma semana com cada um de vocês por mais um mês, até se mudarem definitivamente para a casa do pai. Assim, terão tempo de entender que são muito amados por vocês dois.

— E a mulher dele vai saber cuidar dos meus meninos?

— O pai vai saber. Ele é pai.

— Sabe nada... nunca gostei dele. Nunca frequentou a igreja.

— Para o bem dos pequenos, é importante que vocês se entendam.

— Ele não foi bom para a minha irmã.

— O que não quer dizer que ele não será um bom pai para os filhos. Ele quer cuidar dos dois. Não pediria a guarda se não quisesse.

— Tanto tempo depois...

— Você ouviu quando ele disse que ficou sem chão com a notícia da morte da sua irmã. Talvez ele precisasse desse tempo para se recuperar.

Olhei disfarçadamente para o relógio. Estava mais do que na hora de redigir o acordo. Eu havia pedido uma reunião individual com Maria, que ainda se mostrava reticente, para fazê-la ver a sorte que tinha de o Amâncio ter concordado com esse período de transição. Se houvesse uma briga judicial, a ruptura poderia ser imediata. De uma hora para outra, ela se veria sem as crianças, uma situação dura — duríssima! — para todos os envolvidos.

Joguei minha cartada final.

— E então, posso chamar o Amâncio? Ele está nos aguardando lá fora. Você está de acordo que essa transição se dê como combinado entre vocês?

Quando Amâncio voltou à minha sala, Maria estava mais calma e tinha parado de chorar. Olhava para a tela do celular, para a foto das crianças. Amâncio percebeu e pediu para ver os filhos.

— Nossa, como estão grandes!

Fez-se silêncio enquanto eu redigia o acordo. Li alto para eles, que concordaram com os termos, e lhes expliquei que o que estava escrito teria que passar pelo Ministério Público antes de ser homologado pelo juiz, já que tratava de menores de idade. Ambos se mostraram preocupados.

— E se o juiz não assinar?

— Ele deve assinar. E se não acontecer, vocês, depois do que conversamos e pelo amor que têm aos meninos, vão saber fazer o que for melhor para eles.

Concordaram. Firmaram o papel e me olharam.

— Acabou, doutora?

— Não — respondi enquanto me levantava e acompanhava a eles e aos seus advogados até a porta. — Está apenas começando. Hoje é o primeiro dia de uma nova fase. Amâncio será um bom pai, Maria seguirá sendo uma tia maravilhosa e presente sempre que possível, e as crianças se sentirão amadas por vocês.

— E Deus vai me perdoar por eu não ter cumprido minha promessa?

— Não há o que perdoar. Você cumpriu sua promessa. Tenha certeza disso.

Maria voltou a chorar. Amâncio olhou para mim e eu fiz um gesto pedindo a ele paciência. Ele deu de ombros.

Maria teria que se acostumar com essa nova fase, e levaria um tempo para elaborar a diferença entre o que chamava de justiça divina e justiça dos homens.

Sim, o tempo da alma é diferente do tempo marcado pelo relógio. E esse último não dá trégua. Prova disso é que a sala de espera estava lotada e eu já estava sendo aguardada para as duas próximas mediações.

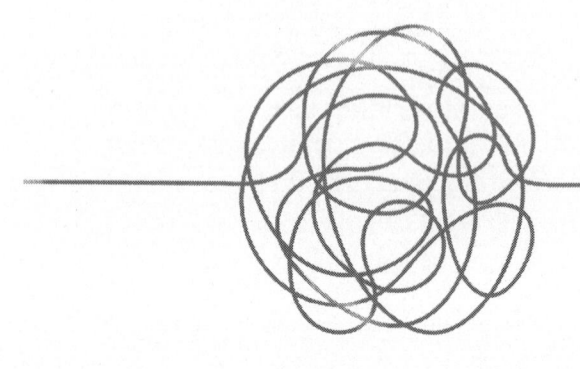

Irmãos gêmeos

Conheço muitos gêmeos, inclusive univitelinos, mas há sempre algo que os diferencia – um corte de cabelo, um penteado, a barba, o peso. À minha frente estavam irmãos gêmeos, idênticos, verdadeiros clones. Mesma cor de pele, cabelo, penteado, perfeitamente barbeados, trajando calça caqui e camisa social com as mangas dobradas acima dos punhos. Até a voz e os gestos eram semelhantes. Anotei disfarçadamente no meu caderno de notas: "Rubens (azul)" e "Edgard (branco)", e a partir daí eu os diferenciaria pela cor de suas camisas.

Ambos na faixa dos cinquenta, haviam compartilhado o útero materno, o quarto, a escola, os livros de medicina e, mais tarde, a mesma sala do consultório onde, por alguns anos, trabalharam juntos, até que Edgard partiu para uma especialização fora do Brasil e Rubens assumiu o consultório sozinho. Durante o internato como *fellow* num grande hospital, Edgard conheceu Patricia, também brasileira e estudante, e começaram a namorar. Passaram a dividir um apartamento e, já com o certificado do curso na mão, foram ambos contratados, Patricia por um laboratório farmacêutico, e Edgard como pesquisador, coincidentemente na mesma cidade, em Washington. Decidiram permanecer fora do Brasil por um tempo que se estendeu indefinidamente, e passaram a dividir uma boa casa, que compraram juntos, num subúrbio de Washington.

Rubens, por sua vez, seguiu vivendo em São Paulo, apaixonou-se e se casou com Eliana, uma professora de história, e iniciaram sua vida a dois num apartamento alugado onde nasceram os dois filhos do casal.

Quando o pai dos gêmeos faleceu, por conveniência de todos, ficou combinado que Rubens e família passariam a viver no apartamento que pertencia à sua mãe, já que o imóvel era bastante grande e ficariam todos muito bem acomodados, e a viúva, inconsolável com a perda prematura do marido, passaria a ter a companhia de seu filho, nora e netos.

Edgard e Patricia não tiveram filhos e vinham pouco ao Brasil, mas mantinham contato próximo com as respectivas famílias, e os irmãos se falavam com frequência, para ter e dar notícias um do outro.

O imóvel onde Rubens havia crescido, e agora morava, era amplo e sólido, mas antigo, e precisava de uma nova pintura, sinteco, uma revisão na parte elétrica e hidráulica, e foi contratado um escritório de arquitetura para dar uma boa repaginada no apartamento. Além das reformas estruturais necessárias, o imóvel passou por uma mudança completa que envolveu um quebra-quebra, troca de revestimentos, extinção da copa, aumento e modernização da cozinha, e mudança de layout da sala, que ganhou estantes e bancadas em marcenaria.

Alguns anos depois, quando a mãe dos gêmeos faleceu, o apartamento foi para o inventário e partilha, e foi então que os desentendimentos entre os irmãos começaram, e escalaram a ponto de o assunto vir parar na minha mão antes que virasse um processo judicial.

Espalhados sobre a minha mesa estavam papéis — muitos papéis! —, incluindo plantas do imóvel, informações de custos da obra, planilhas com números de um hipotético aluguel nunca pago, valores de condomínios e IPTUs... informações que tinham por objetivo fazer um encontro de contas que dificilmente se encontrariam, já que envolviam alguma subjetividade.

    Expliquei aos meus clientes e a seus advogados que não caberia a mim examinar os cálculos, muito menos plantas de arquitetura. Sugeri que conversássemos para chegar a um valor que atendesse a ambos na divisão do imóvel constante da partilha, mas meus esforços eram nulos, e eles voltavam aos números embasados por corretores de imóveis e suas avaliações díspares, e notas de compras de material de construção. Se insistissem nesse caminho, precisariam de um perito para atestar os cálculos e a briga se estenderia com os custos, aborrecimentos e a imprevisibilidade de uma sentença judicial.

    Pedi reuniões individuais e o primeiro a conversar comigo foi Rubens.

— Vivi minha vida no Brasil, cuidei dos nossos pais, gastei rios de dinheiro no apartamento, e agora Edgard quer que o imóvel seja vendido e o valor repartido em partes iguais. Não acho justo e não vou aceitar. Moro com meus filhos e minha mulher, não tenho outro imóvel e não conseguirei comprar nada pela metade do preço do nosso apartamento. Aceito me mudar, sei que o imóvel é de ambos e o valor será repartido, mas vou querer o reembolso das melhorias que fiz e do absurdo que gastei na reforma, que dobrou o valor do apartamento que estava caindo aos pedaços.

    Ao longo da conversa, ficou claro que Rubens se ressentia de "ter sido deixado para trás" com as responsabilidades de cuidar dos pais. Ele me contou que sempre quis morar fora, mas achou que não seria justo saírem ao mesmo tempo do país, deixando os pais sozinhos. Achou que Edgard voltaria depois de concluído o curso, e então seria a sua vez de fazer uma especialização, o que nunca aconteceu. Seu irmão vivia bem nos Estados Unidos, tinha casa própria, ganhava mais do que ele e não tinha filhos. Segundo Rubens, Edgard estava sendo intransigente e ganancioso, e ele não abriria mão do montante investido nas melhorias que valorizaram o preço final do imóvel a ser repartido por ambos.

Insisti para que me dissesse a quantia que seria, para ele, aceitável receber.

— Os cálculos de quanto eu gastei com as obras estão planilhados. Vende-se o apartamento e fazemos o acerto do valor corrigido pela inflação. Essa é a minha oferta final.

Nada mais havia a ser dito, e era a vez de ouvir Edgard, que chegou para a conversa individual, também ele, intransigente.

— Morei fora, sem conforto, paguei meus estudos, ralei num país que não é o meu, longe da família e dos amigos, e meu irmão ficou esse tempo todo morando na casa dos nossos pais sem pagar um tostão de aluguel. Só depois que eles morreram Rubens passou a pagar o condomínio e o IPTU. Fez uma reforma nababesca e usufruiu das melhorias até minha mãe morrer e o inventário sair. Continua morando lá, e nunca pedi um tostão pelo aluguel do imóvel que é nosso. Comprei minha casa com um financiamento que ainda estamos pagando, minha mulher e eu, e nada foi fácil na minha vida. Ralamos muito e, agora que tenho a chance de receber o que é meu por direito, não vou abrir mão do valor integral. Simples assim.

Eu me vi num beco sem saída e sem muita alternativa que não fosse encerrar a mediação. A intransigência de ambos não levaria a lugar nenhum. Lamentei que os irmãos, parceiros em tudo por tanto tempo, fossem brigar pelo que fora deixado pelos seus pais.

Enquanto os papéis eram recolhidos pelos respectivos advogados e minha mesa se fazia novamente visível, e eu me preparava para fazer um último apelo com o discurso de "pensem bem, a alternativa a um acordo é uma briga que não fará bem a ninguém", tive uma intuição. Para surpresa de todos — e minha também, tenho que confessar — pedi uma nova reunião, dessa vez com a presença de suas mulheres.

— Para quê? — perguntou Rubens.

— Minha mulher está em Curitiba visitando a família, e amanhã mesmo irei ao seu encontro.

— A vida de suas esposas será afetada pelos custos financeiros e emocionais de uma briga judicial. Acho que elas têm o direito de participar de algo que lhes diz respeito.

Ficaram em silêncio e percebi que meu argumento tinha atingido os irmãos.

— Você terá que voltar a São Paulo para pegar o voo de volta para os Estados Unidos, certo? Que tal marcarmos uma reunião na sua escala? - insisti.

— Não quero ter mais gastos com hotel, e tenho minhas dúvidas quanto a envolver a Patricia nessa história.

— A Eliana disse que gostaria de participar da mediação, e se for pelo custo do hotel, vocês podem ficar lá em casa. O quarto da mamãe está disponível.

Intuí que um novo caminho se abria à nossa frente, e, antes que Edgard dissesse não, insisti.

— Vamos combinar uma data. Falem com suas esposas, e, no nosso próximo encontro, não quero nenhum papel sobre a mesa que não sejam os blocos de anotações.

Foi uma linda mediação, que começou do zero.

Ouvimos dos irmãos as suas histórias, e Eliana e Patricia tiveram chance de expressar seus sentimentos e de se conhecer melhor.

Ficamos sabendo, através de Eliana, da frustração de Rubens por não ter podido trilhar o caminho do irmão de estudar fora, fato que Edgard desconhecia. Rubens verbalizou o peso de cuidar dos pais enquanto o irmão vivia num outro continente, e Patricia escancarou a falta que sentia da família, as dificuldades financeiras que passaram com a compra da casa própria e a saudade que sentiam do Brasil. Rubens comentou que um de seus filhos tinha vontade de fazer uma pós-graduação nos Estados Unidos, e que acompanhava de longe o sucesso do tio, que ele, mesmo sem ter convívio, admirava.

Nesse primeiro encontro dos irmãos e suas mulheres, não foi mencionado o valor do imóvel, objeto do litígio. Colocaram anos de afastamento em dia e falaram de suas vidas, frustrações e expectativas. Apenas no final da reunião, quando muito havia sido dito e ouvido, voltei a alertá-los, mais uma vez, das vantagens de chegarem a um consenso e construírem um acordo.

Nos despedimos, e não mais soube deles. Recebi a notícia, através de seus advogados, de que a partilha tinha se dado a contento, o caso estava encerrado, e que não precisariam mais dos meus serviços de mediadora.

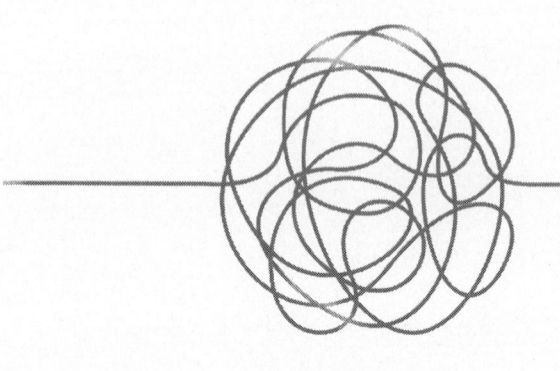

Epílogo

Vivenciamos um momento histórico de transformação, em que os velhos paradigmas são desafiados como nunca. A busca por autoconhecimento, felicidade e equilíbrio entre corpo e alma tornou-se um pilar essencial de nossas vidas. Ideias e informações percorrem o mundo em questão de segundos, conectando pessoas e espalhando novas maneiras de pensar. A cada dia fica mais claro que as verdades absolutas não se sustentam em um cenário em constante evolução. A sociedade tornou-se mais complexa. Relações comerciais, organizacionais, internacionais e familiares se redesenham diante de nossos olhos. Nas empresas, relações que antes eram limitadas a acionistas e diretores, hoje abrangem fornecedores, clientes, ambientalistas, sindicatos – para ficar apenas nessas. Famílias se desdobram em formatos diversos — "meus, seus, nossos", ex-companheiros, agregados e vínculos que desafiam definições tradicionais. Questionamentos rompem contratos tácito-psicológicos, com a consequente necessidade da elaboração de novos contratos reais. Diante dessa pluralidade, como acreditar que o sistema judiciário tradicional, com suas estruturas rígidas e passos lentos, conseguirá dar conta de tantos conflitos, que vão das colisões de trânsito aos desastres ambientais?

Nessa era de complexidade, na qual mudanças se desenrolam em ritmo vertiginoso, a sociedade exige novas respostas e ferramentas para avançarmos. Há uma demanda crescente por soluções que respeitem a complexidade do humano e a urgência do mundo, e é nesse cenário que a mediação e outras formas alternativas de resolução de conflitos se mostram indispensáveis. Mais do que desafogar tribunais, essas ferramentas ajudam a construir pontes, restaurar relações e promover a pacificação social. Elas não são apenas uma resposta ao caos, mas um convite à escuta, à colaboração e ao entendimento mútuo.

Sim, o mundo mudou, e continuará mudando. Sou otimista quanto ao futuro. Escrever este livro foi minha tentativa de contribuir para essa mudança, compartilhando a vivência e as lições aprendidas ao longo da minha jornada como mediadora.

Se há algo que desejo que você, leitor, leve consigo, é a ideia de que vale a pena tentar conversar antes de brigar. Um diálogo bem conduzido pode transformar histórias e evitar os custos — emocionais e financeiros — de uma guerra judicial que, uma vez iniciada, não sabemos como, quando, ou a que preço irá terminar.

A mediação é uma ferramenta do presente para construirmos um futuro mais humano. Espero que este livro tenha iluminado essa possibilidade e que, ao enfrentarmos nossos próprios conflitos, possamos optar por caminhos que curem, em vez de ferir.

Se quiser saber mais sobre como funciona a mediação, visite:

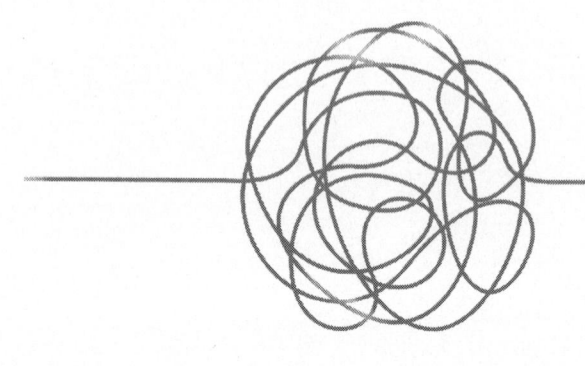

Posfácio

Ao folhear o manuscrito destes contos, em prosa poética e didática sobre Mediação, penso que Eunice sintetiza à plenitude — por sua delicada sensibilidade e acolhedora forma de receber os dilemas dos envolvidos nos conflitos — a perspectiva da Mediação como o "lugar da escuta".

Não uma escuta passiva, mas alerta e militante, promotora da transformação e do entendimento.

Ao ficcionar sua narrativa, Eunice dá espaço à dimensão trágica e poética que permeia todo conflito, especialmente os familiares. Vi-me remetido à memória de Samuel Wainer, dono do *Jornal Última Hora*, que pediu a Nelson Rodrigues para escrever uma crônica diária que trouxesse uma dimensão humana à página policial, então marcada por sua crueza. Nelson respondeu que gostaria de "buscar a dimensão trágica, lírica e poética desses acontecimentos". Assim nasceu "A Vida como Ela É", grande clássico da crônica, da literatura e da dramaturgia brasileira.

Nada gera mais empatia do que o reconhecimento de um sentimento verdadeiro — e, por isso, didático. Com a linguagem da emoção, chega-se diretamente ao coração e, deste, à razão do leitor.

A abordagem de Eunice — ausente em parte da literatura sobre Mediação — não se volta aos papéis de advogados, administradores, sócios, irmãos, maridos ou mesmo mediadores enquanto tais, mas às pessoas, personagens de seus dramas e dilemas.

Neste delicado livro de contos, o ambiente familiar, para além da expressão patrimonial e econômica, emerge no turbilhão de sentimentos, traumas, dores e complexos de cada personagem, revelando a trágica e poética circunstância de seus destinos.

É também o registro da mediadora que, com sua escuta, permite que cada parte expresse ao ouvinte acolhedor aquilo que gostaria de dizer ao outro — mesmo que, em última instância, sobre sonhos, desejos e aspirações frustrados pelas angústias do conflito.

Este livro me leva a comparar o mediador a um "pombo da paz", que leva às partes aquilo que precisa ser escutado, depois de decodificado, com proteção e cuidado, na busca por um entendimento capaz de transformar, construtivamente, o ambiente em conflito.

Helio Paulo Ferraz
Mediador do CBMA, da FGV e da Câmara de Comércio Brasil-Portugal, e mediador judicial do TJRJ

© 2025, Eunice Maciel

Equipe editorial: Lu Magalhães, Larissa Caldin e Sofia Camargo
Preparação de texto: Gabrielle Carvalho
Revisão: Sofia Camargo
Capa: Felipe Marcondes
Projeto Gráfico e Diagramação: Sofia Camargo

Dados Internacionais de Catalogação na Publicação (CIP)
Angelica Ilacqua CRB-8/7057

Maciel, Eunice
  Vamos conversar : o poder do diálogo para resolver conflitos / Eunice Maciel. — São Paulo : Primavera Editorial, 2025.

  216 p. : il.

  ISBN 978-85-5578-184-1

  1. Mediação 2. Administração de conflitos I. Título

| 25-0873 | 303.69 |

Índices para catálogo sistemático:
1. Mediação

PRIMAVERA
EDITORIAL

Av. Queiroz Filho, 1560 — Torre Gaivota Sl. 109
05319-000 — São Paulo — SP
Telefone: + 55 (11) 3034-3925
+ 55 (64) 98131-1479
www.prideprimavera.com.br
contato@primaveraeditorial.com